況周頤談掌故

餐櫻廡隨筆

況周頤——原著・蔡登山——主編

導讀　詞人況周頤談掌故：《餐櫻廡隨筆》

蔡登山

記得在大學時代，讀了王國維的《人間詞話》，其主張：「詩人對宇宙人生，須入乎其內，又須出乎其外，入乎其內，故能寫之；出乎其外，故能觀之。入乎其內，故有生氣；出乎其外，故有高致。」又提出了「境界」說，他說：古今之成大事業、大學問者，必經過三種之境界：第一種境界：「昨夜西風凋碧樹。獨上高樓，望盡天涯路。」第二種境界：「衣帶漸寬終不悔，為伊消得人憔悴。」第三種境界：「眾裡尋他千百度，驀然回首，那人卻在，燈火闌珊處。」這些話語在詞論界，都已被奉為圭臬，影響極為深遠。尤其是葉嘉瑩教授還寫有《王國維及其文學批評》一書，賡續其詞論。

當時我買的《人間詞話》是和《蕙風詞話》合成一本，因此我得知了況周頤（蕙風）這個人。清詞在中國詞史上被稱為「詞的中興」，上接風騷，蔚為大國；詞人之盛，也超乎前朝。到晚清王鵬運、鄭文焯、朱祖謀、況周頤，被稱為「清末四大詞人」。尤其是況周頤在短短六十八年的生命旅程中，有五十餘年用於詞的寫作中，因此他首先是個詞人，而後才是個詞論家。也由於他是個詞人，因此他將創作的心得，透過他如椽之筆，化為精闢的論述，堪稱知言。《蕙風詞話》和王國維的《人間詞話》以及陳廷焯的《白雨齋詞話》，被譽為「清末三大詞話」，在中國文化史上影響很大，代表了古代詞話的最高水平。

況周頤（一八五九或一八六一～一九二六），原名周儀，以避宣統帝溥儀諱，改名周頤。字夔笙，一字揆孫，別號玉梅詞人，晚號蕙風詞隱。廣西臨桂（今桂林）人。其家族世代書香名宦，是當時臨桂「詩禮簪纓」的望族。況周頤少有夙慧，讀書則輒得神解，六歲已授《爾雅》。九歲補博士弟子員。十歲詩賦可觀。十二歲進入詞學領域，偶得《蓼園詞選》讀之，試為小詞，而沉浸日深，終以填詞為終身事業。

光緒五年（一八七九）中舉人。後官至內閣中書、會典館纂修、江楚編譯局總纂、安徽寧國府督辦等職。光緒十四年（一八八八）自四川入北京，獲觀古今名作，受到端木埰、許玉琢、王鵬運三前輩的指正，尤其與王鵬運同官內閣中書，以詞學相砥礪，寢饋其間者五年。其詞初學蔣捷、史達祖、晚近姜夔。光緒二十一年（一八九五）以知府分發浙江，曾入兩江總督張之洞幕府。光緒二十五年（一八九九）再次接受湖廣總督張之洞之聘。光緒三十年（一九〇四）執教於武進龍城書院，二月再次遊歷蘇、杭，成《玉梅後詞》。鄭文焯嘗竊議之，況周頤大不高興，其於詞跋有云：「為傖父所訶」（按：傖父指鄭文焯），從此況、鄭兩人交惡。

光緒三十二年（一九〇六）入兩江總督端方幕府，備受信任。此因況氏精通金石碑版之學，而端方於此收藏甲天下。況氏為之審定金石，代作跋尾，凡端方之藏書、藏石諸記，皆出況氏手筆，端方極器重欣賞之。因此次年況周頤刻《阮庵筆記五種》，端方為其題簽。況周頤因此遭人嫉妒，張爾田《近代詞人逸事》曾載云：「時蒯禮卿（光典）亦以名士官觀察，與夔笙學不同。每見忠敏（端方）必短夔笙。一日，忠敏宴客秦淮，禮卿又詆及夔笙。忠敏太息曰：『我亦知夔笙將來必餓死，但我端方不能看見其餓死。』夔笙聞之，至於涕下。」宣統元年（一九〇九），端方調任直隸總督，況周頤在南京難以立足，遂至安徽大通掌榷運。宣統三年（一九一一）辛亥九月，於倉促亂擾中，便由大通至上海，而端方入川，為革命軍所殺。

民國成立後，況周頤以清遺老自居，寄跡上海，鬻文為生。時朱祖謀（彊村）居德裕里，與況周頤衡宇相望，兩人過從頻仍，以詞相勵，酬唱之樂，時復得之。然況周頤此時清貧之甚，有無米炊之詞可證。其弟子趙尊嶽《蕙風詞史》云：「自辛亥來滬，與彊村侍郎遊，同音切磋，益臻嚴謹，於是四聲相依，一字不易。」是況周頤對詞律態度的轉變，是受朱祖謀的影響所致。民國十三年，《蕙風詞話》五卷校刻完畢。《蕙風詞話》指出「意內為先，言外為後，尤毋庸以小疵累大醇」，即詞必須注重思想內容，講究寄托。又吸收王鵬運之說，表明作詞有三要，曰：「重、拙、大」。強調「真字是詞骨，情真、景真，所以必佳」。但亦不廢學力，講求「性靈流露」與「書卷醞釀」。此外，論詞境、詞筆、詞與詩及曲之區別、詞律、學詞途徑、讀詞之法、詞之代變以及評論歷代詞人及其名篇警句都剖析入微，往往發前人所未發。龍榆生《詞學講義‧附記》引朱祖謀稱譽《蕙風詞話》云「自有詞話以來，無此有功詞學之作」並推為「千年來之絕作」。而夏敬觀也說：「夔笙論詞尤工，所著《蕙風詞話》精到處，透過數層。」

民國十五年舊曆七月十三日況周頤完成其最後遺作《詞學講義》，其後即告病倒。五天後，即七月十八日病逝於上海寓廬，葬湖州道場山。袁寒雲輓聯云：「比夢窗白石，老宿成家，盡低唱淺酌，一代詞人千古在。溯漚尹缶廬，殷勤共話，愴小樓清夜，十年江國幾回逢。」朱祖謀輓聯云：「持論倘同途，詞客有靈，流派老年宗白石。相依在吾土，道場無恙，死生獨往為青山。」

況周頤有詞九種，合刊為《第一生修梅花館詞》。晚年刪定為《蕙風詞》二卷。又輯有《薇省詞抄》十一卷，《粵西詞見》二卷，聯句《和珠玉詞》一卷。此外，尚著有《詞學講義》、《玉棲述雅》、《餐櫻廡詞話》、《歷代詞人考略》、《宋人詞話》、《漱玉詞箋》、《選巷叢譚》、《西底叢談》、《蘭雲菱夢樓筆記》、《蕙風簃隨筆》、《蕙風簃二筆》、《香東漫筆》、《眉廬叢話》、《餐櫻廡隨筆》等。

況周頤晚年定居上海，留戀清室，以舊臣、遺老自居，崇古不苟，馮煦戲呼為「況古人」。民國創立以來，他不問世事，只結交文友、詞友、戲友，按譜填詞，宴飲酬唱。以鬻文為活，窘困潦倒，自悲自憐，鬱鬱而終。故而王國維《人間詞話》感嘆道：「天以百凶成就一詞人，果何為哉！」。

關於與賽金花之交往，據一九一五年八月十日（舊曆六月三十日）出版之《東方雜誌》（第十二卷第八號）得知況周頤於此前已代傅彩雲（賽金花）致函冒廣生（鶴亭）求助。張爾田的《詞林新語》載云：「傅彩雲以絕色負名，某名士媚之，嘗與蕙風同過酩酊，蕙風亦欣賞。迨其官浙東，彩雲少不繼，蕙風為作小箋，詞意婉委，其人為致二百金慰之。」陳聲聰《兼予閣詩話》第二卷〈冒鶴亭〉條云：「民國七、八年間，賽金花老而窮甚，時先生方莞關稅於歐江，詞人況蕙風代其作書向先生求將伯之助，書中有『猥以蒲姿，曩承青睞。落紅身世，託獲金鈴』及『烏衣薄游，寧少王謝』、『有貼乞米，無人賣珠』等語，不知先生有以應之否。」然陳聲聰說致函的時間在民國七、八年間，顯係錯誤，查考瑜壽所作〈賽金花故事編年〉一文（收入蔡登山編《孽海花與賽金花》一書，秀威出版，二〇一三），賽金花是在一九一二至一九一六年間第三次到上海為妓，此時年約五十歲。至一九一六年她已得識新歡參議院議員魏斯靈並一同到北京，住於櫻桃斜街。一九一八年和魏斯靈同到上海結婚，婚後又同回北京。一九二一年七月魏斯靈死，賽金花遷居香廠居仁里十六號，在此居住十五年，直至一九三六年以七十三歲病逝為止，沒再離開北京過。因此當以況周頤之記述為正確，若民國七、八年間，賽金花已再婚，衣食無虞，而需救助乎。

〈況蕙風先生外傳〉又云：「庚申（一九二〇）北上交伶官梅畹華（蘭芳），延賞備至，翌年辛酉，畹華南來，香南雅集，排日聽歌，為詞張之，幾二百闋，所謂《修梅清課》，飲井水者，庶咸知之。畹華藝特高，不必以詞增重，而詞之足以重畹華者實多。」因此當況周頤病逝時，梅蘭芳特發電致唁，文曰：「況蕙風先生之喪，失舉世之導師、詞家之宗伯，聞者悼之，而環堵蕭然。畹華與之交誼素篤，蕙翁生前，尤加契賞，累為詞張之。頃在京得訊震悼，立電致唁……」亦見風義出於伶官者。

又一九一五年十月七日《魯迅日記》有云：「上午寄二弟書二包：《長安獲古編》二冊，……《萬邑西南山石刻記》一冊、《阮庵筆記》二冊、《香東漫筆》一冊、……」其中《萬邑西南山石刻記》、《阮庵筆記》、《香東漫筆》均為況周頤之著作。況周頤除為著名詞人外，亦治金石碑版及考據之學，他《蕙風簃二筆》曾云：「倚聲家為金石家，是魚與熊掌也」，但思其意，他是想兩兼也。而學者鄭煒明在《況周頤年譜（二〇一四年增訂版）》有按語說：「魯迅之留心於先生之文史筆記及金石學著作，具見其舊學之興趣所在。今讀《魯迅全集》，其中多有舊學之研究，其根底深厚，非一般新文學家可企及，是亦不足為怪矣。」而一八九八年況周頤主講於揚州安定書院，九月移居揚州小牛錄巷，後即著名學者阮元的家廟，有阮元重建的「文選樓」，故況氏此時所撰之筆記名為《選巷叢譚》，又因仰慕阮元自號「阮庵」，有《阮庵筆記》。周作人在一九三八年五月三十一日，撰〈題阮庵筆記〉一則云：「二十七年戊寅端午前三日，隆福寺書估攜此書來，乃收得之」，又云「《阮庵筆記》素所喜愛」，加上一九一五年魯迅的寄書，是周作人先後兩次得《阮庵筆記》。周作人在《書房一角》書中又盛讚況周頤「文筆樸實，風趣閒雅，自有勝地，近代著作中少見其匹」云云。鄭煒明認為可具見魯迅、周作人兄弟二人對況周頤著作之重視與推崇。又說：「向來研究新文學史之學者，皆盛讚周作人散文風格之佳妙，有謂實源於晚明之小品文，然從未有人提及周氏之散文風格，或有受先生筆記文之影響，故特標舉於此，以供治新文學史及研究周作人之學者參考。」

又況周頤有女婿陳巨來（一九〇四－一九八四），號安持老人，齋名安持精舍。是傑出的篆刻家，其篆刻被人譽為「三百年來第一人」。張大千諸多印章都是他刻的。出版有《安持精舍印話》。他寫有《安持人物瑣憶》一書，被譽為民國掌故專家。其中有一小節寫到他的老丈人，對這位被王鵬運稱為「目空一切況舍人」的奇行怪狀，玩世不恭，有極為有趣而珍貴的描述。他說：「況公生平學生至多，只繆子彬（藝風之子）、林鐵尊二人，寫信時稱仁弟，其他一列仁兄也。自視寫字，認為惡箚，凡題字等等，均鄭蘇堪、朱古丈、鄭讓于三人代筆者。大門上每歲換一春聯，總為鄭、朱、吳缶翁三人輪流所書，舊者絕不取下，故累累然高凸也。其住屋，大廳上不設一几一桌，空空如也，廂房門上貼一集南北史句，上聯「錢眼裡坐」，下聯「屏風上行」。上一橫額貼於壁上曰「惟利是圖」，均吳缶翁篆書也。乙丑春，因娶妾吳門，遷居蘇州（只三月又回上海了），余特請朵雲軒至空房中鏟取吳書，二元工資，只鏟得「惟利是圖」四字，聯句牢粘木門上，竟不能得矣。此四字余至今尚保存未失，後遂有朱丈長題原委。余藏缶翁書只此一件耳，亦可寶也。況公性奇乖，玩世不恭，嘗請吳缶翁畫荔枝一幅，上題「惟利是圖」四字，又填〈好事近〉五首，均由缶翁所書，生前總掛在會客室中，逝世後由大兒子以廉值售去，後歸上海西泠印社影印入缶翁遺墨中矣。今不知下落矣。五詞余均抄存者，聿未失也。」其中鄭蘇堪乃鄭孝胥，朱古丈乃朱祖謀，鄭讓于乃鄭孝胥之長子鄭垂，而吳缶翁則是著名的書法家、畫家、篆刻家吳昌碩也。

陳巨來又說：「況公生平所填詞，凡題什麼圖什麼詩文集者無一留稿（草稿都撕光不留），但作文生涯頗不惡，西泠印社出一書，嘉業堂劉氏刊一書，序跋無一非其大筆，但說明代筆始寫也。又不甚肯獎掖後進，故大都恨之不已。黃孝紓，字公渚，福建人，父久任山東知府，故成魯人矣，在黃二十餘歲時，即以駢文名，嘉業堂劉氏聘之為記室。……黃氏以久仰況公大名，請劉翰怡作介紹，恭謁況公，以文求正。況公收下後，從不啟視，隔三月黃又去求正，況公原封不動還之，云：已拜讀過，佩服佩服云。黃事後逢人必大罵不已矣。……龍榆生初從江西來滬時，亦先謁況公，為所拒，乃改入朱丈門下者，事後亦深恨不已了。」劉翰怡乃嘉業堂藏書樓的創辦人劉承幹也。而龍榆生乃是龍沐勛，他當年在上海曾與「旅滬詞流如番禺潘蘭史（飛聲）、寧鄉程子大（頌方）、歙縣洪澤丞（汝闓）、吳興林鐵尊（鯤翔）、如皋冒鶴亭（廣生）、新建夏劍丞（敬觀）、湘潭袁伯夔（思亮）、番禺葉玉虎（恭綽）、吳縣吳湖帆、義寧陳彥通（方恪）、閩縣黃公渚等二十餘人約結『漚社』，月課一詞以相切磋，共推先生（朱祖謀）為盟主」，根據龍沐勛〈彊邨晚歲詞稿跋〉當時他「年最少，與先生往還最密。屢欲執贄為弟子，而先生謙讓未遑也。先生嘗語予：『生平不敢抗顏為人師。除任廣東學政時所得士例稱門生外，不曾接受談詞者列弟子籍。有以此請，即為轉介於臨桂況蕙風（周頤）。』」是陳巨來說是「先謁況公，為所拒，乃改入朱丈門下者」，恐記憶有誤矣。

至於談到朱祖謀與況周頤兩人的詩，陳巨來說：「吳瞿安（梅）云：夔老之詞，比朱彊村為佳，因朱只擅夢窗一路耳云云。余結婚後，二家照舊風俗須會親，先君幕友出身，不知文學者，與況公格格不入，故特請名翰林沈淇泉太丈、名進士嘉興詩人金甸丞（蓉鏡）作陪客，況公於沈老殊泛泛而談，與金丈先只略談，後談至詩詞，二人大相互談為歡了。後金丈謂余曰，世稱朱、況，其實你丈人好，因朱年長，官尊，故名在上耳。聞馮君木丈告余云，蘇北興化李審言詳當世文學名家也，與況公二人嫌隙至深，況從不提及李名，而李見人輒痛詆不已云。但金壇馮煦（夢華）則最服膺況公者。」

《眉廬叢話》是況周頤晚年的著作，也是其最負盛名的掌故筆記著作。該書稿約撰於民國二、三年間，況周頤在《續眉廬叢話》的前言中說：

> 癸丑、甲寅間，蕙風賃廬眉壽里，所撰《叢話》，以眉廬名。乙卯四月，移居迤西青雲里。客問蕙風：「《叢話》殆將更名耶？」蕙風曰：「客亦知夫眉壽之誼乎？眉於人之一身，為至無用之物，此其所以壽也。蕙風之居可移，蕙風之無用，寧復可改。」抑更有說焉：《洪範》：「五福：一壽二富。」蕙風之旨，將使二者一焉，其如青雲非黃金何。孔子曰：「富而可求也，雖執鞭之士，吾亦為之。」如不可求，續吾《叢話》

《眉廬叢話》刊登於《東方雜誌》第十一卷第五號（新曆一九一四年十一月一日），每期刊出數十則，至三百四十九則之後，因搬家之故，但沒改名，是為《續眉廬叢話》。繼續在《東方雜誌》刊登，至第十三卷第二號（新曆一九一六年二月十日）止。網上有見《眉廬叢話》者，除錯字極多外，並非全貌，因漏收《續眉廬叢話》之故。我曾翻檢當年《東方雜誌》將正、續兩集合為「全編本」，總計五百一十六則。又原刊登於雜誌上只有斷句，並無新式標點，今乃重新點校。又原稿每則緊接在一起，並無小標題，閱讀搜尋不易，乃參考郭長保先生所加之小標題，以醒眉目，便於檢尋。該書況氏生前並未單獨成書出版，因此知之者不多也。新校本《眉廬叢話》（全編本）於二〇一六年五月出版，頗獲好評。

《眉廬叢話》之內容極為廣博，舉凡宮廷秘聞、官場秘事、金石考據、典章制度、學人風範、藝林趣談，無所不包。足見其人不僅是詞學名家外，其腹笥之豐，難望其項背也。正如〈況蕙風先生外傳〉一文所云：「先生併治金石文字，凡有碑版，無不羅致，得萬餘本，龍門造像得千餘本，至今獲存。又長於許氏《說文》，名聲韻訓詁，潛造精研。故其治碑版，並為淵源之學，兼工考據。於書自經籍百家，至於稗官家言，無不涉歷。讀書決疑，片言立折。」因此他所記述，或為史料獨特，為世所罕見者；或為他於茫茫書海中獨得之心血精華。再以他詞人之筆，含英咀華地寫出，自然不同於其他專寫掌故者，因他含有不盡之意在文字之外也。如他藉「顧千里、黃蕘圃拳腳相加」一事來對比他和王鵬運（半塘）之交往也。他云：「道、咸間，蘇州顧千里、黃蕘圃皆以校勘名家，兩公里閈同，嗜好同，學術同。顧嘗為黃撰〈百宋一廛賦〉，黃自注，交誼甚深。一日，相遇於觀前街世經堂書肆，坐談良久。俄談及某書某字，應如何勘定之處，意見不合，始而辯駁，繼乃詬詈，終竟用武，經肆主人侯姓極力勸解乃已。光緒辛卯冬，余客吳門，世經堂無恙，侯主人尚存，曾與余談此事，形容當時忿爭情狀如繪。洎甲辰再往訪世經堂，則閉歇久矣，為之惘然。憶余曩與半塘同客都門，夜話四印齋，有時論詞不合，亦復變顏爭執，特未至詬詈用武耳，往往指衣而別，翌日和好如初。余或過晡弗詣，則傳箋之使，相屬於道矣。時異世殊，風微人往，此情此景，渺渺余懷。」

況周頤與王鵬運同官中書，每於王鵬運之四印齋抵掌夜談，王鵬運對於況周頤詞之尖艷，常有所規誠。又以刻宋、元詞屬為校讎，十餘年間，王鵬運刻詞三十餘家，況周頤助之校勘者多。王鵬運更傳授心法，以「重、拙、大」之論教之，遂啟況周頤晚年《蕙風詞話》之作。他們二人是由文字訂交，而情逾手足者，因此當王鵬運去世時，況周頤深感椎琴之痛，輓曰：「窮途落拓中，哭生平第一知己；時局艱危日，問宇內有幾斯人？」悼哀之切，又云：「吾兩人十七年交情，若零星辭縷，數千言未可終。嗚呼！半塘以矣，余何忍復拈長短句耶？」一死一生，交情乃見。

況周頤另一部掌故著作《餐櫻廡隨筆》亦是連載於《東方雜誌》，是繼《續眉廬叢話》之後，從第十三卷第三號（新曆一九一六年三月十日）刊載，至同年十二月十日止（第十三卷第十二號）。共二百二十一則。其內容與《眉廬叢話》類似，涉及的層面相當廣泛。

例如，談到康熙末年，年羹堯任川陝總督、定西將軍，為經管西陲數省軍政的最高長官，靠著鐵血手段，短短時間，就在軍中樹立了威望。《餐櫻廡隨筆》記載，有一年的冬天，年羹堯出行，隨行的士兵把手放在轎子的扶手上面，大雪紛飛，年羹堯怕他們把手凍僵，在轎子裡下令「去手」，意思是你們把手拿下去吧，結果，眾將士一聽誤會了，大將軍讓我們去手，拿起刀就把自己的手給砍了，年羹堯要想喊停也來不及了，可見年羹堯令出必行的威勢。

另外龔自珍俯視一世，很少有人能入他的法眼。據況周頤《餐櫻廡隨筆》記載，龔自珍曾嘲笑自己的叔父龔守正文理不通，甚至嘲笑自己的父親龔麗正也只不過半通而已，不管是自視太高，還是目無尊長，他的言行都不是一個做兒子應該有的。而等龔自珍作古後，他也遭到了兒子龔半倫的奚落。他兒子動不動就拿出他的文稿，隨意改動。每當改稿之時，都預先將其父的靈位置於案前，每改動一字，都用竹鞭敲擊靈位道：某句不通，某字不通。因為你是我的父親，我才為你改正，使你不致欺矇後人，云云。

《餐櫻廡隨筆》一如《眉廬叢話》，在況氏生前並未單獨成書出版，此次據《東方雜誌》重新點校，並製作小標題，便於讀者檢尋，是繁體版的首次出版。其間也參考張繼紅簡體版的點校，特此致謝。

目次

公府積弊難返

清制：凡蔭生及歲者，經考試然後授官。一品蔭生，內用員外郎，外用同知；二品蔭生，內用主事，外用通判；三品蔭生，內用七品小京官，外用知縣。此項考試，非倩人槍替不可。其代價綦微，僅百金而已。曩蔭生某，自恃文理優長，毅然赴試。俄朝旨下，竟以程式跋盭，賜命弗及，得要津為之斡旋，乃外用。在昔文法之世，公府積弊難返，若斯之類，殆指不勝僂。

臚唱

鰥生不第進士，而曾聞臚唱。臚凡五唱：第一甲第一名某、第二名某、第三名某；二甲第一名某等；三甲第一名某等，其聲凝勁以長。自科舉廢後，遂成「廣陵散」矣。臚唱之日，榜眼、探花送狀元歸第，探花送榜眼歸第，探花自歸第，無人送。某省人歸某省會館，非歸私第也。其會館先已召集梨園演劇，張盛筵待賀客。歷科鼎甲在京邸者畢至，循故事也。

張文達薦僕

每屆鄉科之年，京曹典試各直省。命下之日，鄉年寅好薦僕從者，遝來紛至，應接不暇，而尤以師門函屬為誼不可卻。兼錄用之後，駕馭匪易，蓋隱有挾持以為重也。宛平陳冠生修撰（冕），光緒己丑恩科，拜湖南主考之命。適同年某君來賀，談次出名條夾袋中，自言深知人浮於事，無可位置，緣某友轉托弗獲辭，幸損覆寸箋，俾報命前途可耳。修撰亦極言竿牘填委，重以情貌，即簡言善辭，亦筆舌俱困。語未終，門者以緘進。啟視之，則南皮張相國文達薦僕之書也。文達於修撰屬座師兼同鄉，不可卻之尤者也。修撰蹙額久之，勉令來僕進見，則衣履樸野，長揖而外，木立不知所云。修撰殊欣慰，亟獎藉之，留侍左右，加青垂焉。夫長揖之僕之未易多遘，信矣。

挽近世風不古，士夫號為賢達，往往矜情飾貌，不惜疲敝其筋骨，囚垢其冠裾，窮極矯揉，以鳴高立異，震駭庸俗耳目，非深求之幽獨隱微之地，固確見為艱苦卓絕之操。非有爇犀鑄鼎之特識，鮮不受其欺罔而神明奉之者，則夫彼僕，安知其非揣摩風氣，而托為樸鈍以覬售也。則當考其後之事修撰者，能如修撰所蘄否也。

《桂林霜》傳奇有別於《桂林雪》院本

鉛山蔣苕生太史（士銓）撰《桂林霜》傳奇，演康熙朝廣西巡撫馬文毅殉吳逆之難事（按：馬公諱雄鎮，字錫蕃，號坦公，漢軍鑲紅旗人。康熙九年，巡撫廣西。十三年，吳三桂反，將軍孫延齡私與通，公被囚土室。十六年，三桂遣其孫世倧收兩粵，斬延齡，誘公降。不屈，遂被害。清制：非翰林出身，不得謚「文」，公父鳴佩，官至兩江總督，公以大臣子選用起家，得謚文毅，亦異數也），編入九種曲全帙中，流傳頗廣，又有《桂林雪》院本，為高郵薛冬樹先生（名待考）所譜，演明臣瞿、張二公殉國事（按：瞿公諱式耜，字起田，常熟人。張公諱同敞，字別山，江陵人。明永曆建國桂林。瞿公由桂撫入內閣，張公為兵部尚書。清兵破全州，諸將焦璉、丁魁楚等皆戰死。永曆奔梧州，以瞿公為留守，張公副之。未幾，北兵至，二人力持月餘，城破，同被執。主將定南王孔有德欲降之，不屈，幽於一室。二公相對賦詩酌酒，不異平時。孔屢勸降不可回，遂同日俱殉），世罕知者，亟記之。

兩湖自強學堂

兩湖自強學堂建設於武昌，為中國第一中西學堂。經始光緒中葉，丁酉、戊戌以還，規模燦然大備。遵守當時著各省改書院設學堂諭旨，以中學為主，西學為輔。注重中文，每日上課時間，中文訂一時，其餘各門功課，均訂半時。其外國語言文字，有英、法、俄、德、東五文。文各有堂，軒敞閎闊，聘外國士人教習。有助教，有翻譯，非一知半解者得濫竽充數。此外唯體操、算學，教科不煩，而教法認真。學生考取入堂，無庸繳學費，齋房整齊，餐膳豐潔。凡所需用中外書籍、筆墨紙張、操衣靴帽（每季一換）等，悉公家辦給。中文及外國五文、體操、算學，各有領班、幫領班學生，由各教習憑分數補薦。領班每名每月薪水紋銀十六兩，幫領班每名每月薪水紋銀八兩，各八名。每月考課一次（中文論說）。第一名獎龍銀十圓，以次遞減，至第三十名猶得二圓，第五十名猶得一圓。學生中程度稍高，眷屬不多者，兼可無內顧憂矣。張文襄督鄂十數年，此自強學堂之設，不可謂非育才恤士之實政也。余於戊戌、己亥間，充自強學堂中文教習。辛丑自鄂之蜀，甲辰返自蜀，則已改文方言學堂，非復向日章程矣。

張之銃備份

吳昌碩言：安吉有貢生張之銃（音充，去聲），壽逾八秩，行輩在文襄相國之前。

日人之質樸

嘗謂樸質之風，今人不及古人，中國人不及外國人。日本原善公道《先哲叢談》「山崎嘉」（按：

山崎嘉號闇齋，平安人）一則云：「闇齋天性峭厲，師弟之間，儼如君臣。其講書音吐如鐘，面容如怒，聽徒凜然，無敢仰見。諸生每竊相告曰：『吾儕未得伉儷，情欲之感時動，不能自制，則瞑目一想先生，欲念頓消，不寒而慄。』」吾中國人撰述，斷不作此等語。矧對於師門，尤必謂近褻而非所敢出。彼都人士，顧夷然不以為諱，是其任真近情處，未可談笑道之也。

赦小過

日本岡本監輔著《西學探源》，亹亹清言，頗寓哲理。其《言論》第十三有云：「恥於下問，不欲聞己過，是古今為政者之通病也。西諺所謂傲慢之人，以它人之譽為自己之恥者，不其然乎？偶有一二解禮讓者，亦止記同量之美，而忘異量之美。忽致拾小過掩大德，與孔子所謂宥小過舉賢才者異撰（按：東國經籍傳本，多有異文，當是岡本所據《論語》。「赦小過」句「赦」作「宥」）。賢才不能無小過，小過而不宥，焉得有賢才可舉者？」《魯論》「赦小過」二句，如此詮釋，誼亦甚精。

錢謙益修《明史》

錢牧齋易節事清，以纂修《明史》為詞，亦不得志，以禮部侍郎內宏文院學士還鄉里。嘗遊虎丘，見有題詩寺壁者曰：

入洛紛紜意太濃，蓴鱸此日又相逢。
黑頭早已羞江總，青史何曾惜蔡邕。
昔去尚寬沈白馬，今來應悔賣盧龍。
可憐北畫章臺柳，日暮東風怨阿儂。

或云是雲間陳臥子所作。又順治三年十二月，清兵總鎮李成棟以精騎三百下廣州，舊輔何吾騶投誠（按：吾騶，崇禎朝宰相，與黃士俊同相永曆，未久告歸，家資三百萬），乞修《明史》，門署「纂修明史」扁額。廣東人有「吾騶修史，真堪羞死」之謠。大凡易姓改玉之世，前朝史事，關係綦重，彼號為文學舊臣，千鈞一髮之頃，必不能引決，而又不能無一詞自解免，則回跡之門在是矣。

《西學探源》有云：「法人安格的爾以修史著，不肯臣事拿破倫，年老貧甚，家有麵包、牛乳二味繫命，日計不過三蘇烏錢。其友勸之受養於拿破倫，安氏曰：『余豈畏死自辱乎？』年九十四而終。臨終語其友曰：『請視死有生氣之人。』」雖歐人主利，亦有如此者，可不謂偉哉！綜三事衡論之，中外士夫，何遽不相及若是。

愛金之國王

《西學探源》又云：

亞理斯德嘗有記事曰：「某國王枚達士，遇其臣捕拔甲士神來投諸獄，心憐而釋之。神大德之，因告王聽其所欲報之。王性貪而無度，乃謂之曰：『使予手所觸悉變為黃金。』神曰：『無復志願過此者耶。』再三言之，王答如前。神乃授王得金之力，悠然升天去。王喜溢於面眉，欲試其力。下庭仰攀樹觸果，樹果皆化為金；俯觸瓦礫，亦化為金；指端所及，無一非金者。偶際午餐，就坐對食，將舉手食之，食皆化為金；將啜茗，戛有聲，不堪啜。如此數日，王苦饑渴，將死於黃金堆積中，則仰天號哭，呼拔甲士神，請去其力，僅乃解免。自是，王幡然省悟，謂國家之富，不必在擁多金，一意獎勵事業，遂致民阜國強。」

按：此寓言耳，尤涉滑稽，然確有至理，為吾中國向來書說所未發，亟記之，為當世之枚達士告。

斯格的勤勉

《西學探源》又云：「英人斯格的為詩文巨匠，而終身服吏務，不害學習。」按：宋史邦卿（達祖，汴人），相傳為開禧堂吏，所著《梅溪詞》，同時張功甫（鎡）為之序。稱其「分鑣清真，平睨方回。紛紛三變行輩，不足比數。」斯格的殆其流亞歟？

金石紀年

武林南山磨崖，梁蕭《心印銘》（見丁敬《武林金石記》），末書「天宋皇□癸巳歲」。向來金石紀年，弁一字於國號之上。有曰大、曰巨、曰皇、曰聖者，而「天」字則唯宋用之。獨惜徽、欽南渡，天虧西北，無復女媧煉石補之耳。又政和中，禁中外不許以龍、天、君、玉、帝、上、聖、皇等為名字，於是毛友龍但名友，句龍如淵但名句如淵，餘各等字例引（見宋洪邁《容齋二筆》）。四川雲陽龍脊石，宣和乙巳人日周明叔、曹嘉父等兩題名，並改寫龖脊（見況周頤《鹵底叢談》），亦甚可笑。

名字的對

咸豐朝，即補副將雷風雲，謚威毅（見《謚法考》）。光緒中葉，鄂人張翼軫，工行草書，嘗遊京師，有潤格在廠肆，其姓名三字皆星名，與雷風雲屬對絕工。

假託歐陽公詞

吳江徐電發（釚）《詞苑叢談》卷十《辨證》有云：

《王銍默記》載歐陽公望〔江南〕雙調：

江南柳，葉小未成陰。人為絲輕那忍折，鶯憐枝嫩不勝吟。留取待春深。十四五，閒抱琵琶尋。堂上簸錢堂下走，恁時相見已留心。何況到如今。

初，歐公有盜甥之疑，上表自白云：「喪厥夫而無托，攜幼女以來歸。」張氏此時，年方七歲。錢穆父素恨公，笑曰：「正是學簸錢時也。」愚按：歐公詞出《錢氏私志》。蓋錢世昭因公《五代史》中多毀吳越，故詆之，此詞不足信也。（《叢談》止此）

按：周淙《輦下紀事》云：「德壽宮劉妃，臨安人。入宮為紅霞帔，後拜貴妃。又有小劉妃者，以紫霞帔轉宜春郡夫人，進婕妤，復封婉容，皆有寵。宮中號妃為大劉娘子，婉容為小劉娘子。婉容入宮時年尚幼，德壽賜以詞云：『江南柳，嫩綠未成蔭。攀折尚憐枝葉小，黃鸝飛上力難禁。留取待春深。』（《紀事》止此）德壽之詞，與《默記》所傳歐公之作，僅小異耳。錢世昭《私志》稱彭城王錢景臻為先王。景臻追封，當建炎二年，世昭為景臻之孫，緬（景臻第三子）之猶子。以時代考之，蓋亦南宋中葉矣（《四庫全書提要》於錢世昭、王銍時代，並未考定詳確）。竊疑後人就德壽詞衍為雙調，以誣歐公。世昭遂錄入《私志》，王銍因載之《默記》，唯錢穆父固與歐公同時，然公詞既可假託，即自白之表、穆父之言，亦何不可造作之有？竊意歐陽文集中，未必有此表也。

要離墓殘碑

要離墓殘碣，文曰：「漢梁伯，烈士要。」石高二尺（據《蓋齋藏石記》，依工部營造尺），寬一尺四寸五分，厚三寸二分。二行，行三字。字徑四寸強至六寸不等，正書。乾隆時，出土於吳門專諸巷後城下。光緒十二年丙戌歲朝，石門李嘉福笙魚得之（有題字刻石右方，分書）。宣統紀元，歸溧陽托活洛尚書忠敏。《匋齋藏石記》編入《梁石》。殘碣書勢信勁偉，唯定為梁刻，蒙意竊未安也。按：明信州鄭胄師（仲夔）《耳新》云：「姑蘇要離墓，其形如阜，不及城堞者，僅尺許耳。相傳初甚低，其後歲高一歲。至萬曆間，好事者為之豎碑墓上，墓隆起竟高於城。一時城外往往白晝殺人，咸怪異之。因仆碑，乃止。」據此，則乾隆時出土之殘碣疑即萬曆間所豎之碑，碑仆後乃斷殘耳，以其地考之亦合。

歷代的印質地

秦印多玉（多朱文），漢印多銅（多白文，其實非白文也。漢鈐印用紫泥，印入泥中。篆文凹入者凸出，則亦朱文矣），間有金印，王侯已上用之。元王元章用花蕊石刻印，而石印乃盛行。其先有用石者不甚著，蓋亦廑矣。此外尚有銀印、鐵印、瓷印、水晶、瑪瑙、象牙、犀角、澄泥、燒料、黃楊、竹根等印。又有碧霞髓印（髓或作玊），至堅不受刀，雖晶玉非其比。在昔印人某能刻之，其姓名偶失記矣。歙縣汪氏飛鴻堂（啟淑，字訒菴，號繡峰，世業鹽，擁高貲），剖巨珠為小印，侈麗極矣。

填詞說窮餓

鯫生窮餓海濱，蓋五年於茲矣。乙卯六月，大風為災之前數日，室人以無米告。戲占《減字浣溪沙》云：

逃墨翻教突不黔，瓶罍何暇恥竈鹽。半生辛苦一時甜。　傳語枯螢共寧耐，每憐饑鼠誤窺覘。頑夫自笑為誰廉。

文筆貴簡

文筆貴簡，「逸馬斃犬於道」，作「有犬臥於街中，逸馬蹴而斃之」，則贅矣。明祝氏《猥談》云：「一守禁戴帽，不得露網巾，吏草榜云：『前不露邊，後不露圈。』守曰：『公文貴簡，何作對偶語？』吏曰：『當如何？』守曰：『前後不露邊圈。』」斯旨可以喻大。《新唐書》、《新五代史》，其較勝舊史，亦事繁文簡耳。

彭剛直、李梅庵對梅所有鍾情

相傳彭剛直作秀才時，與鄰媛名梅者有婚嫁約，事忽中變。迨後剛直通顯，故劍不復可求，剛直惘焉。中年已還，酷嗜畫梅，所作詩亦十九詠梅，意有托也。臨川李梅庵方伯未第時，有長沙余公器重其才品，以長女字之；未婚卒，復字以次女，又卒；更字以三女名梅者，婚未久亦卒。梅庵賦潘岳之〈悼亡〉，感謝公之風義，因自號梅癡，終身不謀膠續。國變後，黃冠野服，賣字滬濱，署其門曰「玉梅花盦李道士」，蓋情之入人至深。武達文通，其揆一也。曩余亦自號玉梅詞人，則辛卯客蘇州，得句云：「玉梅花下相思路，算而今不隔三橋。」（《高陽臺》）又云：「玉梅不是相思物，不合天然秀。」（《探芳信》）此等句殊無當於風格，而當時謬自喜，遂以名詞，並以自號，無它旨也。

潘繹庈、高月垞學深品潔

南海潘繹庈（衍桐）輯《雅堂詩話》，即其所編兩浙《輶軒續錄》之詩人小傳，亦猶《靜志居詩話》即《明詩綜》小傳也。其體例於談詩而外，備載嘉言懿行。如歸安姚鏡塘先生（學塽），居官端謹，不履要津，部曹每月有印結銀，先生獨不受（清制：中外大小官員，引見驗看，須同鄉京官出印結。結費之多少，視品位之崇卑。京曹五六品有印官，得出結，分結費。軟紅薄宦，恃此為樵米資矣。某省印結省務，由本省出結官分年輪管，結費即由管結官部分致送）。仁和高月垞先生（鳳臺）學深品潔，在中書以兄喪去官，有韋義、楊仁之風。夫京之分結費，儼然分所應得，取不傷廉者矣。世固有貪多務得於印結之外者，乃至俗情貪戀祿位，雖三年之喪，或猶有奪情之舉，矧在齊衰已下，則夫兩先生之所為，固皆挽近所未聞，可以風世勵俗者矣。

厲鶚、杭世駿等科名

《眉廬叢話》據崑山朱厚章《多師集》有賦得「三才萬象各端倪」七言十二韻詩，自注：「江南三院考取博學鴻詞科，知乾隆時特科諸徵士，當其薦舉之初，須由本省考試，則亦未極隆重，曰考取。殆猶有考而不取者矣。」云云。比閱《樊榭山房集》末附軼事，記當時試事綦詳：

> 雍正甲寅、乙卯，浙江總督程元章三次省試，薦舉博學鴻詞十人：嚴遂成、厲鶚、周玉章、杭世駿、沈炳謙、齊召南、張懋建、周長發、汪沆、周炎。正試題〈河清海晏頌〉，〈萬寶告成賦〉，杜氏《通典》、鄭氏《通志》、馬氏《通考總論》，賦得「沖融和氣洽」，補試題〈玉燭醴泉頌〉、〈鵬奮天池賦〉、〈九法五政論〉，賦得「禾比君子」。續試題〈景陵瑞芝賦〉、〈春雪〉詩、〈兩浙通志〉序，評《二十一史》。厲先生應正試，名列第二。程制軍批云：「頌體俊偉，賦材麗則。論該洽而當理，詩雅正以和聲。誠為於越含香，淛河韞秀。」帥文宗批云：「辭挹群言，體苞眾制；以質緯文，以文被質。殆昔人所云無一字空設者。」張方伯加批云：「高華之氣，典麗之詞，春容之節。加以骨幹堅凝，根極理要，扶質垂條，兼擅其美。」

據此，知《多師集》所云三院，即制軍文宗方伯矣。又王茨簷先生《靜便齋集·送杭大宗北行序》云：

吾友厲鶚、杭世駿，博覽精核，所為文詞高旨深，顧自壯盛，僅充秋賦。仁廟御極之十七年，特辟大科。浙省郡邑薦者，前後合六十人。呈試大憲，掇什之二三。二君以瑰麗卓越，炳乎十八人之列。

據此知考試不取者，多於得取之數。太鴻、大宗、次風諸先生，當時已負盛名，而猶濆考如是，可見先輩醇樸之風，而全盛之世之科名至足重也。

黃子久自號大癡哥

黃子久自號大癡哥，見樊榭詩自注。人皆知大癡，罕知大癡哥者。太鴻方聞，必有所本。

命名絕奇

《樊榭山房集》有幼魯（按：姓符）第五女生，命名曰郤盜，為賦詩。此女名絕奇。

樊榭《吳山詠古》詩

樊榭詩〈吳山詠古〉二首，其一〈麻曷葛剌佛〉，序云：

在寶成寺石壁上，覆之以屋。元至治二年，驃騎衛上將軍左衛親軍都指揮使伯家奴所鑿。志乘不載，故詩以著之。

句云：

何年施斧鑿，幻作梵相奇。五彩與塗飾，黯慘猶淋漓。
一軀儼箕踞，努目雪兩眉。赤腳踏魔女，二婢相夾持。
玉顱捧在手，豈是飲月支。有來左右侍，騎白象青獅。
獅背匪錦幪，薦坐有人皮。髑髏亂繫頸，珠貫何累累。
其餘不盡者，復置戟與鈹。

又云：

來觀盡毛戴，香火誰其屍。陰苔久凝立，想見初成時。

按：此佛像今不知尚存否。以詩句繹之，何鬼怪獰惡一至於是。其二〈鐵四太尉〉序云：

在東嶽廟廡下，像凡四軀，皆擘拳瞋目，奇醜可怖。相傳江中浮來，郡人有忿爭凶隙等事，輒迎而詛之，俗名鐵哥。而（曩甄□「而」字典故，惜未及此）。元至正末重鑄，其朔弗可考，大率皆淫祀也。

北齊造像拓本

北齊造名無量聲佛像，佛座拓本，高今尺二寸強，寬二尺四寸強，十四行，行二字，字徑八分，正書。銘曰：「天保七年，敬造名無量聲佛，若有文名者禮拜供養，滅無量罪，德無量福。」（按：「德、得」二字，古通用）此拓本絕艱致，殊可寶，惜未拓佛像，俗工往往如此。又希臘女神名謬司，專司文藝者，則是彼都人士，所當馨香以祝者也，附記於此。「謬司」蓋譯音，不如作「妙師」為協。

六部相見之禮

光緒初年，都門以「富、貴、貧、賤、威、武」六字分帖六部，謂吏貴、戶富、禮貧、工賤、刑威、兵武也。蓋他部司員，見堂官皆長揖，唯工部鞠跽為禮，故或又以《孟子》「天下之賤，工也」句相嘲。未幾而兵部效之，戶部繼效之。癸未七月，詔各部院司員，見該管堂官，不准屈膝請安，以御史文海疏言也。

清宮進出之制

清制：百官進內，東華門止燈，景運門止傘扇。光緒中葉已還，往往甚雨之日，有攜燈入景運門者，有持傘上乾清門臺階者。而乾清宮侍衛，皆戴雨帽班直門下，大臣或持傘至養心殿門，蓋非復從前嚴肅矣。

清宮賜謚之制

清制：大臣謚法，除特旨予謚外，例由內閣撰擬八字，圈用二字。光緒辛巳正月，吳縣沈相國桂芬卒，內閣撰擬謚文清、文勤、文端、文恪，因諭旨稱桂芬清慎忠勤，老成端恪，是以依此撰擬。及旨下，乃謚文定。既非特旨，亦非圈用。考謚法，純行不爽曰定，亦美謚也。

日本「櫻花狩」

日本櫻花，五大洲所無。有深紅、淺絳，綠者尤娟倩，一重至八重，爛漫極矣。三月花時，公卿百宮，舊皆給假賞花；今亦香車寶馬，士女徵逐，舉國若狂也。花枝或插於帽，或裹於袖，或繫於帶。遊客歸來，滿城皆花矣，名曰「櫻花狩」。蓋雖遊樂之事，亦寓講武之意云。

櫻花勝牡丹

中國以牡丹為花王，日本以櫻花為花王。牡丹以濃豔勝，櫻花何其娟倩也。余謂花王中之櫻花，甚似人王中之李重光，高出庸主萬萬。

「以貌取人」之由來

《大戴禮記》。五〈帝德〉第六十二：「孔子曰：『吾欲以顏色取人，於滅明耶改之；吾欲以語言取人，於予耶改之；吾欲以容貌取人，於師耶改之。』」今人第知以貌取人，失之子羽云云。

義門三關

光緒庚子，拳匪變起，余適在鄂，條呈兩湖防守情形於督部張文襄。有云：「隨州所屬之武勝、平靖等關，為由汴入鄂門戶。平靖、百雁、武陽，即所謂『義門三關』。明正德中，流寇入境，三關皆要地。今湖北鐵路乾路，武勝關適當其衝，並宜急駐重兵扼守，以固邊圉而保要工」云云。「義門三關」之說，據《讀史方輿紀要》。比閱烏程溫鐵華（日鑒）〈《魏書・地形志》校錄〉云：「義陽三關，謂平靖、武陽、黃峴也。《元和郡縣誌》：『武陽在應山縣東北一百三十里，黃峴在應山縣界。』《地理通釋》：『《左傳》：大隧即黃峴。今名九里關，在信陽軍南百里。』」溫氏所云三關，有黃峴無百雁，與顧說不同。

蘇渙奇人奇事

《新唐書・藝文志》著錄蘇渙詩，注云：「渙少喜剽盜，善用白弩。巴蜀商人苦之，號曰『白跖』，以比莊蹻。後折節讀書，進士及第。湖南崔瓘辟從事。瓘旋遇害，渙走交廣，與哥舒晃反，伏誅。」詩人而為盜，盜而第進士，絕奇，矧晚節弗終。不圖風雅中，乃有此敗類。顧其詩見錄於正史，詎以其事奇而故傳之耶？抑其詩固猶在可傳之列也？

睡王與嚷王並稱

遼王述律好睡，國中目為睡王（見宋彭百川《太平治跡・統類》）。大興王楷堂比部（廷紹），高談雄辨，都人稱為嚷王。長於詩，倚馬可待。署中公暇口號云：「司中呼小馬，堂上坐長麟。」時牧庵協揆（長麟）為大司寇，或譖之。一日，協揆語王：「聞近作對聯佳甚。」王應聲曰：「司官曾有句，名醫唯扁鵲，良相是中堂。」協揆大笑，意深賞之。譖者聞之爽然（見定遠方士淦《蔗餘偶筆》）。睡王、嚷王並新雋，顧嚷王捷才若此，未可以嚷概之矣。（宋荊南節度使高保融弟保勖，體瘠而口吃。保融甚愛之，雖盛怒，見之必釋然而笑，荊南人謂之萬事休郎君，見《太平治跡・統類》。是誠親愛而辟，然兄弟孔懷，固當如此，視交為愈者，有厚薄之殊矣）。

潤筆之資

王禹偁嘗為李繼遷草制，送馬五十匹，備濡潤，禹偁卻之（見《太平治跡・統類》）。即後世文人潤筆，亦云厚矣。宋陳藏一《話腴》云：「退之欲人輟一飯之費以活己。」而文起八代，上窺至聖，亦濡潤之說，斷非乞借。

宋太祖好書籍

宋太祖性嚴寡言，獨喜觀書，雖在軍中，手不釋卷，人間有奇書，不吝千金購之。周顯德中，從世宗平淮甸，或譖太祖於世宗曰：「趙某下壽州，私所載，凡數車，皆重寶器也。」世宗遣使驗之，盡發籠篋，唯書數千卷，無它物（見《太平治跡・統類》）。古開創之英辟，丁龍猶未飛，蠖不妨屈，其襟抱所蘊蓄，要不啻一日萬幾，而顧留意載籍若是，知郅治本原在是矣。若漢蕭何為高帝收秦丞相府圖籍，事又稍異。

蘭陵先生奇見

蘭陵先生言：「《四書》中，有二怪、一妖、三女子，五龍、九虎、十先生（又九館、十先生）。」二怪：素隱行怪，怪力亂神。它仿此。急切記憶，殊難全備。

「豈止一壺」

都下某名宿，好清談雅謔。一日，宴客於陶然亭，某學究與焉。俄添酒頃，語次，漫引《中庸》「其至矣乎」句，讀若「豈止一壺」。學究瞿然避席曰：「侮聖人之言。」言之色綦莊。四座愕眙久之，主人末如何也（學究乃所延西席，授公子讀者）。

蕙風詞一首

春夏之交，壁間懸名人書畫，恐燕泥飄墮染損，於幀首作兩綾帶下垂，令時時搖動，俾燕不敢近，名曰「驚燕」。蕙風曩有詞詠之，調寄〈浣溪沙〉（刻入《新鶯詞》）

四壁琳琅好護持，畫簾風影亂烏衣。飛近金題才小立，卻教回。娟素乍同飄繡帶，襟紅時見涴香泥。倘是雙飛來對語，莫驚伊。

按：此調名〈浣溪沙〉，前後段各七字三句者，名〈減字浣溪沙〉。據宋賀方回《東山寓聲》樂府，俗以七字三句兩段為〈浣溪沙〉，而以此調為〈攤破浣溪沙〉，誤也。

平仄互叶

金元已還，名人制曲，如《西廂記》、《牡丹亭》之類，平仄互叶，幾於句句有韻。付之歌喉，聲情極致流美。溯其初哉肇祖，出於宋人填詞。詞韻平仄互叶，丁北宋已有之，姑舉一以起例。賀方回〈水調歌頭〉云：

南國本瀟灑，六代浸豪奢。台城遊冶，襞箋能賦屬宮娃。雲觀登臨清暇，壁月留連長夜，吟醉送年華。回首飛鴛瓦，卻羨井中蛙。訪烏衣，尋白社，不容車。舊時王謝，堂前雙燕過誰家？樓外河橫斗掛，淮上潮平霜下，檣影落寒沙。商女蓬窗罅，猶唱後庭花。

蕙風舊作，間有合者。〈蝶戀花・甲午展重陽日，邃父招同半唐登西爽閣，子美因病不至〉（刻入《錦錢詞》）云：

西北雲高連睥睨，一抹修眉。望極遙山翠，誰向西風傳恨字，詩人在抵傷憔悴。有酒盈樽須拌醉，感逝傷離（端木子疇前輩，於數日前謝世）。何況登臨地，巹好秋光圖畫裡，黃花省識秋深未。

西爽閣在京師土地廟，下斜街山西會館，可望西山。

野翰林

清初鴻詞諸徵士，當其薦舉之初，本省瀆考情形，甚非隆重之道，稍有崖岸者弗為也。相傳康熙己末科，取中者五十人。授職後，為同僚所排詆，目為野翰林，且譏以詩曰：

自古文章推李杜，而今李杜亦稀奇。
葉公懵懂遭龍嚇，馮婦癡呆被虎欺。
宿構零軿衡玉賦，失黏落韻省耕詩。
若教此輩來修史，勝國君臣也皺眉。

自注：李高陽相國霨，杜寶坻相國立德，馮益都相國溥葉掌院，學士方靄皆試官。是科題為〈璇璣玉衡賦〉、〈省耕詩二十韻〉。取中者俱令纂修《明史》。而鴻博之詆甲科，亦不遺餘力，尤展成檢討（侗）〈題鍾馗像〉曰：「進士也，鬼也；鬼也，進士也。一而二，二而一者也。」以筆墨為報復之具，若水火不相下。

揆之古君子彥聖能容之度，則彼此胥失焉。降而至於乾隆丙辰，而風格視前輩益遠矣。兩次特科，吾廣右皆無人。考仁和杭大宗（世駿）《詞科掌錄》，乾隆丙辰科，廣西巡撫金鉷，薦舉錢塘廩生袁枚（是時適遊桂林）。嶺嶠白屋之士，閉戶自精，姓名不出里閈，對於令聞廣譽之隨園先生，何能望其肩背於萬一耶。

尤展成進御戲曲

尤展成自《秋波詞》進御，才子名士之目，受兩朝特達之知，所著《讀離騷》、《鈞天樂》等傳奇數種，教坊內人，鏤之管弦，為霓裳羽衣之曲。洪昉思（昇）雖以《長生殿》得罪，而此曲即亦流傳禁中。蓋清廷當全盛時，九天歌管，猶有雅音；嘉、道而後，遂岑寂無聞焉；乃至今日，風雅掃地，瓦釜雷鳴，雖日星河漢之文字，不惜弁髦棄之，矧選聲訂韻之末技，夫孰過而問者，則章掖賤而琴書苦矣。

龍夫人事絕瑰瑋

閱歙縣程春海侍郎（恩澤）所撰〈湖南提督楊君繼室龍夫人墓誌序〉（按：楊君名芳，一等果勇侯，謚勤勇）及武進張翰風先生（琦）〈記楊軍門龍夫人事〉，事絕瑰瑋。兩家敘述，互有詳略，茲參綜綴錄如左：

夫人尤氏，四川華陽縣人。幼讀書，洞曉大義，溫淑而敏斷。年二十二歸軍門，時軍門已貴顯為總兵。嘉慶十一年春，以寧陝鎮總兵攝固原提督，夫人留寧陝署。先是，鎮所轄兵六千名，例月給米折銀三錢，遭匪賊蹂躪，物值益昂，所領不給食。軍門白經略某具疏申請，議權加二錢，俟三載後再定議。及是，執事者停支待報，兵忍饑兩月。夫人知將有變，使謂署總兵參將楊之震：「速借給以安其心，慮有它者。吾家當代償之。」之震曰：「眾兵恐我耳，烏敢反？且釁非由我，何懼？」更以威脅之，眾益怒。

七月六日，頭人陳先能、陳大順等請見曰：「吾輩將反，顧受大人恩至重，願送太太去乃發。」夫人以義曉之，且曰：「汝等造反，而先免我，疑知情無以白。且我一婦人，去何為？寧死此耳。」揮眾出。外委王清山，公之親隨也，賊令入衛，又分數十人守大門，約餘人不得入。而公前所釋教匪二百人，為之室家者，知有變，悉入守中門，曰願以死報。是夜，賊遂殺參將及中軍游擊、城守營都司，焚南北二城，槍炮號哭之聲不絕。婦女多從睡夢起，知賊不犯鎮署，多就避，廊室為之滿。時未叛者嘩於內曰：「夫人勿死，我輩受主帥恩，賊入，當以死拒；脫不敵，主帥歸，見我輩屍，見我輩心。」已叛者嘩於外曰：「夫人勿驚，我輩受主帥恩，今迫而叛，不與夫人。即仇怨有避夫人側者，亦不報也。」夫人端坐後堂，戒奴婢曰：「死生有命，敢號泣者懲之。」

向明，陳先能等又請見。避難者皆繞夫人哭，乞勿納。夫人曰：「愚哉，若輩欲入即入，孰能御之？請見則見，何懼為？」命啟門，叛首數十人，手血淋漓，環伏堂下，痛哭曰：「我輩罪大惡極，將欲竄身山谷，緩須臾死。恐去後有驚及夫人者，求夫人行。」夫人大聲謂曰：「若輩雖戕官，為首誠不可逭，於多人何尤？主帥旦夕歸，且為若輩白其事於朝，非盡殲也。可各罷歸伍。不然，斬我首去。」眾曰：「我輩血誓同死生，能聚不能散。」乃舁輿以俟。夫人將升輿，避難者千數百人齊慟曰：「我輩死矣。」夫人復諭叛眾：「此總總者須隨我出，毋傷殘。」眾皆唯唯。於是，出婢子衣履，與在官眷屬，結束先行。乃肩輿殿其後，出署。賊傳呼立隊，賊在五郎城者悉來。夫人叱之曰：「止何等狂悖，而猶循此規制耶？」始退。賊凡送二十里，至石泉縣。

縣令陳某，聞警惶懼，民人驚竄者眾。知夫人來，賊不敢逼，請夫人留。而總兵王兆夢至，夫人謂兆夢曰：「寧陝兵二千餘，非盡反，首事者百餘人耳。速馳諭，令縛頭人來，事可定。」兆夢怯不敢往。夫人留六日，乃之興安兒太守龍君署。越十有四日，公子承注生。會軍門自固原策單騎馳千二百里入叛軍，收降撫逸，籠束歸伍。乃誅其尤兇橫者，而眾情洶洶，有悔降意。於是叛首蒲大方等，請於軍門，往迎夫人，以測軍門心，軍門推誠待之，不介一奴，許其咸往。夫人方乳公子，未滿百日，即冒雪抱公子，泰然登程。中途蒲大方與其徒王鳳爭，刀傷鳳手。是日宿漢陰，夫人命借官刑具，坐中庭，召大方罵曰：「汝反叛，幸宥不死；更弄刀杖，又待反耶？」杖之四十，加桎梏焉。從者惶懼終夕。未至寧陝二十里，十九人偕大方固請，乃釋之。

初，夫人之行也，署中物不暇顧。後四日，石泉民請往取之，門洞開，闃無人，而一匕一箸無失者。有庖人朱子勇者，為賊所怨，夫人匿之複壁中。夫人已去，子勇入上房攜銅盆出。遇賊，將殺之。

子勇曰：「夫人命取盥具，汝殺我，汝自賫往耳。」摔銅盆於地。賊信之，竟得免。吁，亦奇矣。當軍門撫叛卒時，自謂功足以贖過，且已革翎頂，宜無慮。夫人曰：「朝廷事自有法度，兵叛大案，不容任其咎者，非君而誰。」已而公果遣戍伊犁。

後公自川返貴州，或勸帶鹽，可獲利三千金，已積之舟畔矣。夫人曰：「以氣機觀之，未必能享多金，盍卜之？」公卜不吉，遂辭焉。行六十里，過黃瓜槽險灘，舟幾覆，載重者皆溺，其才識固不可及也。夫人教子極嚴，善鼓琴，工畫蘭，時時為之不倦。居恒謂軍門曰：「方寸靜潔，則理勝欲；念慮牽縈，則欲勝理。人生最忌情流為欲。」斯言非尋常閨媛能道。

諧詠眼鏡

番禺有李星輝者，詠眼鏡云：「白髮幾人非借力，紅顏對爾獨無情。」（見倪鴻《桐陰清話》）今日風氣一變，凡繡闥仙姝，絳帷高足，莫不以晶片金絲之麗製，為春山秋水之美觀。李詩對句，改無情為多情，庶幾切當。

于式枚答袁世凱書

賀縣于晦若侍郎（式枚）客歲自青島移寓滬上，月前於旅次病歿。侍郎庚辰通籍後，以兵部主事居李文忠幕府有年，海內知名。嗣乃薦躋卿貳。丁未，充出使考查憲政大臣，曾自使署兩上封奏，力糾憲政編查館之失，一時傳誦。國變後，叱詫悲憤，形容憔悴，日抱故國之思，有張蒼水之忠忱，而無其事實。素與項城大總統交際甚深，芸臺公子，嘗受業於侍郎者也。去夏，項城專使賫書青島，聘其就參政一席，侍郎辭焉。茲得見其答書原稿，節錄如左：

參政一席，於鄙人性質，甚不相宜。前承公推舉為考查憲政大臣，前後奏章，均可覆案，然亦不欲顯有辭避，致負公知愛之深。嘗託菊相代達私衷，事前已先與芸臺有秋後來京之約。積病之後，尤畏炎蒸，一切情形，知蒙鑒及，良覯有日，統容面陳。承致食品多珍，拜領飽德，並惠川資優厚，本不敢當，謹留以為證行之券。回憶十年門館，千尺深潭，受惠已多。大德不謝，本不應自外也。

其書首稱「慰庭四兄大人」，末又別附數行，有云：「封題是官樣文字，自應從同。函內是平日私交，不敢改二十餘年布衣之舊。」抗節不移，於言外見之矣。

果園漆器

顧雲美（苓）撰《河東君傳》，有云：「宣德之銅，果園廠之髹器。」按：果園漆器，明永樂時製。《桐陰清話》云：「臨川李薌甫觀察（秉銓）在京師琉璃廠，購得髹漆木碗一進，面徑七寸有奇，底口坦平，周身作連環方勝紋，雕鏤工細，作深赤色。碗底有『沆瀣同甌』四字，正書陽文，濃金填抹，古色繽紛，係明代貢珍無疑。成果亭中丞思以漢玉盤易之，不可得。同人賦詩歌以寵異之。」

馬湘蘭小像題詞

古美人香奩中物，流傳至今，以馬湘蘭為獨多。《眉廬叢話》所述，猶有未盡。歙縣程春海侍郎（恩澤）家藏馬湘蘭小硯一方，背鐫湘蘭像，一時名流題詠甚夥。祥符周稚圭（瑚）中丞（之琦）〈三姝媚詞〉云：

蟾蜍清淚灑，暈脂痕猶新，粉香初研。翠斫妝樓，想鏡中眉樣，半蛾偷借。閂葉閒情，偕象管鸞箋宵夜。悄炙紅絲，沉水濃薰，棗花簾下。　彷彿冰姿妍雅，恰手拈蘭枝，練裙歌罷。舊匣空尋，甚石橋新月，尚矜聲價。過眼雲煙，隨夢影銅臺飄瓦。認取南朝遺墨，青溪恨惹。

按：詞云「手拈蘭枝」，則必非《叢話》所述阿翠像硯，與湘蘭面貌巧合者，彼像手不執蘭也。周稚圭著有《金粱夢月詞》、《懷夢詞》，合刻為《心日齋詞》，自命得南宋人嫡傳，此詞非其至者。

「槐花黃，舉子忙」

「枇杷黃，醫者忙；橘子黃，醫者藏。」宋陳藏一《話腴》引《世說》語。今人第知「槐花黃，舉子忙」云云。斯語罕有知者。

蠶神

九宮仙嬪，蠶神也，見《蜀郡圖經》。今人但知馬頭娘。

漢西王母鏡

南陵徐積餘（乃昌）小檀欒室藏漢西王母鏡，徑漢尺七寸五分，背文六乳。一格畫女仙，題「西王母」三字。一格一女鼓琴，一格一女折旋而舞，腰肢織長，手據地而足騰起。一格龍，一格獸獨角而馬蹄，一格一女羽衣若擊球。按：《漢武帝內傳》「西王母命諸侍女董雙成吹雲和之笙，許飛瓊鼓震靈之簧，石公子擊昆庭之金（按：上言「命諸侍女」，且與董雙成、許飛瓊同列，則石公子當是女人男名），婉淩華拊五靈之石。」此女所擊物圓形（鉦鐲之屬，後世樂器中有雲鑼，即小鑼也），疑即所謂昆庭之金矣。其舞女騰起之足，織削若菱（拓本絕朗晰，雙翹宛然，尖銳穎脫，非僅作弓式而已），可為漢時已有織足之證。昔人或云始自唐，或云始自五代，殆不然矣。鏡銘：「尚方作竟真大巧，上有山人不知老，渴飲玉泉兮。」十九字。山，仙省。

蘇軾〈麥嶺題名〉拓本

得宋蘇文忠〈麥嶺題名〉拓本，字徑二寸強，四行，行四字，正書左行。文曰：「蘇軾、王瑜、楊傑、張傑同遊天竺過麥嶺。」文忠書，無論碑版磨崖，方宋黨禁嚴時，悉數鑱削。其後禁弛，悉依拓本復鐫，乃致癡肥臃腫，盡失廬山面目。據余所見，唯〈麥嶺題名〉、〈雪浪盆銘〉及〈宣城縣北門外雙塔寺石刻如意輪經〉（庚戌秋訪獲，石凡二）皆未經鑱削真蹟，書勢秀勁絕倫，其他殆不多覯。

諷「打麻將」詩

清之末季，雀嬉風行，達乎諸侯大夫及士庶人，名之曰：「看竹，何可一日無此君。」跡其窮泰極侈，有五萬金一底者矣（一底猶言一局，某貝子過滬時事）。會稽陶心筠（濬宣）作長篇詠之，託旨鑒誡，移錄如左：

罡風吹鳥名鵂鶹，無晝無夜號啾啾。
飛向人間啄大屋，賓客歡笑妻孥愁。
一啄再啄金屋破，啾啾唧唧號未休。
初翔江之右，倏忽騰九州。
問制何自始，易竹乃廢紙。
非籉亦非蒲，無盧亦無雉。
索長矩方規以圓，自一至九環無端。
馬融六簙賦所遺，李翺五木經久刪。
呼龍喝鳳揣梅竹，四座鳴對聲闢闢。
鵂鶹來，歡顏開，蒲桃美酒夜光杯。
犀饜飫鸞刀催，金璫翠鈿名姝陪，簫管哀彸絫喧豗。
賓極歡，主大醉，華燈四照開博台。
鵂鶹去，雞號曙，勝者欣忭負皇遽。
面色如土不敢怒，脫下鷫鸘裘，低首長生庫。
到門踟躕慚婦孺，誓絕安陽舊博侶。

明朝見獵眉色舞，梟化為狼螋為蠍。
破人黃金吮人血，枯魚過河泣何及。
自言我本不祥物，方將取汝子，弗麈毀汝室。
吾聞東晉陵夷銅駝沒，大地五胡亂羌羯。
士夫飲博供清譚，牧豬奴輩亡人國。
桓桓我祖長沙公，取投簿籙江流中。
天地鼎沸人消遙，千年時局將毋同。
沉沉大夢真竹醉，白晝黃昏為易位，諮余往射豈得已（用韓句）。
梟鷲墮梁魂破碎，血其爪肉貫翎翅，焚滅鷇卵斷噍類。
君不見萬國人人習體操，強身強國五禽戲。

潘申甫夫妻同生同死

吳縣潘申甫侍郎（曾瑩），大學士文恭之仲子，學有根柢，尤長於史學，著有《小鷗波館文鈔詩鈔詞鈔最》二十卷、《畫識》三卷，《畫品》、《畫寄》、《墨綠小錄》各一卷。畫以青藤白陽為宗，書則初學吳興，晚學襄陽，尤得其神髓。配陸夫人，亦知書，工書畫（按：夫人名韻梅，字琇卿，曩見侍郎《鸚鵡簾櫳詞鈔》有同夫人連句〈清平樂・雨後坐月〉一闋。《閨閣詩鈔小傳》：「琇卿工畫花卉」）。同時女史汪小韞（端）鐫小印以贈，文曰潘江陸海。夫人性仁恕，每大雨初霽，聞門前衒瓜果者，曰：「清涼如此，誰與售者？徒頳其肩耳。」命盡買之。偶有兩甌墮地，一碎一否，顧諸子曰：「汝曹識之：薄者破，厚者完也。」晚年頗信佛法。

光緒戊寅二月既望，夫人已示疾，猶誦經禮佛如平時。時侍郎亦寢疾，與夫人異室而處，得南中所寄金橘，呼次公子使奉其母，夫人猶問汝父寢未。明日雞鳴時，夫人遽卒。侍郎未之知也。俄而曰：「天明耶？」公子祖同對曰：「尚早。」命進飲，飲已復睡，日加巳，亦卒。侍郎生於嘉慶戊辰十一月，夫人生於是年七月，至是歲皆七十有一。生同年，死同日，士大夫以為美談。

相傳侍郎之兄功甫舍人（曾沂）中歲已還，就所居購池園，構一椽曰船庵，鍵關謝人事，終日焚香讀書，究心內典。俗所用署名小紅箋，擯不具者二十餘年，其後亦預知化去之期。若而人者，夙具慧根，而又生長閥閱，養尊處優，無所為謀生之計，束縛馳驟之，得以涵養性靈，習虛靜而成通照，雖曰得天獨厚，抑亦所處之境，有以玉之於成焉。世有蘭清玉敻之質，日消磨風塵奔走米鹽凌雜中，對於身心性命之大原，欲稍稍自料檢而苦乏清暇。青春荏苒，白髮駸尋，樂萇楚之無知，與草木而同朽。乾坤清氣得來難，寧不自愛惜若是。天之厄我，謂之何哉？

石贊清高節

石襄臣少寇（贊清），貴州人。先是，知天津府數年，勤以敷政，嚴以持躬，吏懾其威，民懷其惠。咸豐戊午，英吉利犯天津，直督某走，太守以巨甕二，貯水置堂階曰：「彼入脅，則吾與妻死此。」未幾，相國桂良與議和去。庚申，英吉利、法蘭西入天津，督部以次，橫被侮辱，其將卒分駐官廨，贊清堅持不為動，揮令去，曰：「斷吾頭可，衙署不讓也。」一日，英將以五百人持兵入署，扶贊清坐肩輿，導入舍館，曰：「非敢相難，聞有兵欲燒吾船，姑假君為鎮耳。」贊清憤不食。僅數日，民情洶洶，重失贊清，輒與英將拚命。英將懼，命之去。贊清不可，曰：「吾如何來，當如何歸耳。」復命五百人前導，具肩輿送之。將則豎其指，稱之曰：「真好官也。」天津擾數月，贊清迄未離府署。事聞，不次遷擢，官至刑部左侍郎。

吳廷棟成名得利於母教

霍山吳彥甫少寇（廷棟），為咸、同間理學名臣。母葉太夫人，博通書史。公四歲，即能授已經籍，過目成誦。有過，手撻之。公泣，太夫人曰：「汝頭有鯁骨，痛吾手矣。」公捧母手拊摩再四，曰：「母再撻兒，可用絓紬裡也。」太夫人為之霽顏。公每欲著好衣，又欲以功名顯，太夫人訓之曰：「人以衣服愛汝慕汝，是汝徒以衣服重矣。功名者，儻來之物，無學問濟之，何貴乎功名耶？」公恍然曰：「兒知之，天爵為貴。」太夫人曰：「然。」

鄰有質庫，公嘗嬉戲其中，司事某欲試之，聞公來，以碎金散置於地，自匿帳中。公入門見，即揚聲止步不入，某起詢之。公謂金在而不見人，脫遺失，豈能自白。某大驚歎。其後揚歷中外四十餘年，清操絕俗。引疾後，歸無一椽，日食不給，處之晏然。

時曾文正督兩江，念公貧，值史秋節，欲以三百金贈，攜以往，晤對良久。微詢公近狀，公答以「貧吾素也，不可干人」。文正唯唯，終不敢出金而去。公之亮節清風若此，育德培材，攸關母教，詎不然歟？自富貴利祿，中於人心，雖世家劭族，父詔其子，兄勉其弟，唯高官厚祿是計，甚且以夤緣奔競，協肩諂笑，為家傳祕密之心法，功名者儻來之物云云，求之士夫猶難，矧在閨闥，而葉太夫人倜乎遠矣。

朱為弼諧語

平湖朱菽堂漕帥（為弼），道光四年，由順天府丞擢府尹。有蝗孽，單騎馳視。屬官供張備，公曰：「吾為蝗來，若乃蝗我耶？」斯言頗近雅謔，卻有至理。

紙煤之製

王湘綺賦紙煤詞，調寄〈一萼紅〉，楚、蜀人士多和之。紙煤之製，捲徑寸紙作長條，紙相屬成側理，如箸稍細，中通外直，吸淡巴菰者用以然火。大約有淡巴菰，即有紙煤，托始於明末，盛行於清初，多出閨人纖手。歲在甲辰，吳門柴瓊，問字於余，素心晨夕，香初茶半，清事如昨。嘗以紙煤三條，其一原式無變，其一曲其一端約寸許，其一曲其兩端各寸許，囑余集合成一字。審諦良久，忽然得之，則「乃」字也。原式無變之紙煤為第一筆，曲其一端者為第二筆，曲其兩端者為第三筆。離神得似，極見惠心。

「乃」字故事

曩嘗甄□「而」字故事矣（見《眉廬叢話》）。「乃」字故事，不及「而」字之多。其尤雋穎可喜者，乾隆某年，翰林館課題〈傴瘺丈人承蜩賦〉，以「用志不紛，乃凝於神」為韻，時獻縣大宗伯紀文達（昀）方入詞垣，課作押「乃」字官韻云：「沈幾觀變，聳肩第覺其成山；定息凝神，拄杖休嘲其似乃。」（按：唐無名氏〈嘲傴僂人詩〉：「拄杖欲似乃，插笏還肖及。」）又韓愈撰〈董公行狀〉：「沐州自大歷來多兵事，劉元佐死，子士寧代之，其將李萬榮逐之。萬榮為節度使三年，病風，其子乃復欲為，士寧之故監軍使俱文珍，執之歸京師。」以「乃」為名亦僅見。

《天馬媒》傳奇考

明古吳劉晉充撰《天馬媒》傳奇，演唐人黃損事。損字益叔，連州人。先是，與妓女薛瓊瓊有齧臂盟。瓊因謝客，牾權奸呂用之。損家傳玉馬墜一枚，絕寶愛。氤氳使者幻形為道人，詣損乞取，損慨贈之。未幾，損應襄陽張誼之招，別去。用之以瓊善箏上聞，即日召入後宮。損途次邂逅賈人裴成女玉娥。娥亦善箏，損聞箏頃，賦詞極道愛慕，乘間擲與之。詞云（見《綈緣》齣）：「生平無所願，願作樂中箏。得近佳人纖手子，砑羅裙上放嬌聲。便死也為榮。」娥與損約，中秋夜繼見於涪州，以父成是夕當往賽神，舟無人，得罄胸臆。損屆期往，得娥船，娥屬移纜近岸。甫解維，纜忽斷，船流遽覆，娥溺焉。會瓊母馮送女歸，道涪，拯娥舟次，相待如母女也者。俄損狀元及第，上疏劾用之誤國。用之因劾損交通瓊宮掖中。適張誼內轉官京朝，旨付用之誼會審。誼伸損，得直，欽賜與瓊畢婚，用之罷歸田里。用之憤怒，其門客諸葛殷、張守一獻計，謂入宮之瓊，贋鼎也，真瓊固猶在母所，盍往劫取？蓋誤以娥為瓊也。氤氳使者知娥有急，托募化贈娥玉馬，娥佩不去身。用之皎娥，馬則見形，奔奮齧用之，闔府大擾，群以妖孽目娥。仍用葛、張計，以娥贈損，冀嫁禍損。損拒不納，送女者委損門外而去。娥入見損，成眷屬焉，玉馬遂騰空而去。傳奇關目，大略具此。

按：《御選歷代詩餘》載損此詞，調〈望江南〉（據《傳奇》：損，咸通朝人，《詩餘》損詞，列溫庭筠之後、皇甫松之前）。「生平無所願」作「平生願」，「纖手子」作「纖手指」。《詩餘廣選》云：「賈人女裴玉娥善箏，與黃損有婚姻約，損贈詞。」云云（首句作：「無所願，纖手子。」「子」不作「手」，與《傳奇》合）。後為呂用之劫歸第，賴胡僧神術復歸損。此云胡僧，傳奇則云氤氳使者幻形為道人也。又《粵東詞鈔》第一首即損此詞，則傳奇所演，未可以子虛烏有目之矣。

日人作詩之初

日本人作韻語，始於大友皇子。其〈侍宴〉詩曰：「皇明光日月，帝德載天地。三才並泰昌，萬國拜丹墀。」「地」字讀若平聲耶，抑平仄通叶耶？曩閱海王村，見高麗國《試錄》，詩題「如南山之壽，得壽字」，五言六韻，有詩，惜未錄存。

《仕途軌範》是為官守則

曩寓金陵，某日，於東牌樓匽董攤，購書二冊，一九峰書院本《中州樂府》，比滬尹據以復刻，一寫本《長隨論》，前序略云：

《偏途福》，又名《仕途軌範》，俗曰《長隨論》。曩余寄跡漣水官廨，見有《長隨福》一書，友人置之案頭。據載，國朝莊友恭先生所作，相傳已久。開卷瀏覽，撥冗移錄，其篇之語易解，所載之法易明，所述之言，頗有淺俗之句，難登大雅之堂。唯是初入長隨諸君子，不可不加意溫習。類如卷中「十要」一節，「十不可」一節，「呈詞分別刑錢」一節，「用印信條款」一節，「禮部鑄印局」一節，「國家喜詔、遺詔」一節，皆文墨之要訣。又「梆點金鼓」一節，「朝賀祭祀」一節，「東帖稱呼」一節，皆典禮之要訣。又「接詔迎官」一節，「驛遞差徭」一節，「彩觴宴會」一節，「鋪墊親隨」一節，皆差務之要訣。至於監獄班管，紅衣督護，尤為防範攸關，不可稍涉疏忽。是書條分縷析，理明詞達，令讀者觸目會心，易於效法者也。同治戊辰六月，北平劉炳麟錄於祝其捐局。

序後一則略云：

莊先生，諱友恭，廣東人，乾隆己未科狀元。未第時，父為蘇州府司閽，及第後，仍執司如故，經太守婉謝不肯歸。嗣先生督學江蘇，太守親送江陰使署，為封翁焉（按：清制，長隨之子，毋許應試。據余所知，光緒丙子科，某省有捷秋闈者，計偕入都。同鄉官不肯出印結，竟不得復試。而莊先生不然，詎當時尚可通融，視挽季稍忠厚耶）。

是書於州縣衙門公事程式，記載綦詳，可作掌故書觀。自比歲變法已還，裂冠毀冕，舊制蕩然無存，二三十年後，或欲從事研究而苦無憑藉。長隨者，官之臂指也。蒞事出治，實左右之。其品其識其才，如莊先生之封翁。凡所敘述，皆得之半生閱歷，耳聞目見，信而有徵。芟夷其蕪薉，稍修飾潤色之，即刻入叢書，可也。繆筱珊、徐積餘兩君，今之藏書家也，各借抄一通，知其為有用之書矣（按：是書莊封翁所作，託名殿撰以為重耳）。

日本賣曲者名楊花

日本女子設肆賣曲者，呼為楊花。所奏曲多男女怨慕之辭，有薩摩、土佐各派，竹本氏一派最盛行。貧家多業此覓食，玉琢錦纏，役使其母如奴婢。諺曰：「生女勿吁嗟，盼汝為楊花。」吾廣右人呼婢曰蕉葉，其旨不可知。某大家一婢絕慧，一日，主人與客談次，偶及植物之葉，何者最大。客未對，婢適擎茶至，儳言曰：「蕉葉最大。」竟無以難也。楊花、蕉葉，屬對絕工。

余光倬執法嚴明

武進余幼冰比部（光倬），道光丁未進士，授主事，升郎中。總辦秋審處，慮囚詳慎，不輕麗人於法。同治壬戌，江督何桂清始就逮至京，光倬實司審讞。據《大清律》，地方大吏逃奔蹶事，比照守邊將帥失守城寨斬監候律，擬斬監候。情罪重，則擬斬立決，仍請上裁。時朝中大僚，多為桂清故舊，謂不當加重，冀緩其死。而給事中郭祥瑞等，復交章論劾，請速正典刑。大學士六部九卿翰詹科道議覆，刑部主稿，光倬草奏曰：

已革兩江總督何桂清，身膺疆寄，受國厚恩，豈不知軍旅之事，有進無退，守土之責，城存與存。況其時常州有兵有餉，並非不可固守，乃首先棄城逃避，致令全域潰散。望亭為無錫至蘇州要衝，業經奏明，截留長龍船紮營於此。乃並未身經一戰，命殺一賊，忽於蘇州失陷之前一日，率師船退駐福山海口。是其撤兵遠遁，縱寇殃民，尤罪跡之昭著者。至刑部歷年審辦軍營失事成案，均視此為輕，唯余步雲係由斬候加至斬決，情罪相等。雖帶兵提督與統兵總督稍有不同，然論疆寄則文臣視武臣為重，論重法則逃官與逃將同誅，論情節則聞警屢逃，非被攻被圍變出不測者可比，論地方則全省糜爛，非一城一寨偶致疏防者可比。請仍照原擬從重，擬以斬立決。

六月十三日奏上，得旨改為斬監候秋後處決。十月，竟奉特旨立決。論者謂光倬執法之力，有以致之。光倬困簿領久，殊磊磈，不屑修邊幅，都人士戲以「糟余」呼之（余、魚音同）。顧生平伉爽重然諾，承鞫斯案，始終持正，尤踔躒可傳。先是，獄方急時，桂清之私昵，或輦巨金置光倬榻，謀少通融；或怵光倬以危辭，皆不為動。蓋當時巨公大僚，經強有力者為之道地，業已什九轉圜。第光倬一瞻徇，其究軍台效力而已。其卒能罪人斯得，上伸國法，而下快人心，俾繼此守土握兵之臣知所戒儆，則光倬一夫當關也。明年，給事中博桂以部有劇盜越獄，復牽涉桂清讞案，劾光倬苛刻鍛鍊，下部案治，皆不得實。旋因屢被參劾，撤銷京察一等及御史記名。未幾以內艱歸，遂不復出。

左宗棠受寵若驚

《隨園詩話》載西林相國文端（鄂爾泰）四十生日句云：「看來四十猶如此，便到百年已可知。」道光時，英吉利構禍，左文襄深憤國兵之不競，當事之澳涊恇怯，顧不肯苟出。年且四十，顧謂所親曰：「非夢得敻求，吾殆無幸。」言為心聲。文襄第急於用世，文端尤頹然自放矣。其後日鸞書翠軸，玉鉉金甌，儼然出乎意計之外。窮通失得，政復何常，所謂世事茫茫難自料也。相傳文襄授東閣大學士，是日盤旋室中，足不停趾，口中作念東閣大學士至於再四。蓋當拜命之始，不免受寵若驚，久乃習為固然耳。

何煊奇遇

蕭山何允彪中丞（煊），道光中葉任雲南巡撫。為諸生時，嘗假館武林山村小庵中，四顧荒寂。眾數相驚以走，公居之坦然。忽夜聞叩門聲，則一青衣麗婦冉然入。公咄之，對曰：「夫久出，今忽得書，不識字，請先生為我誦之。」公擲不閱，曰：「村中豈無識字人，何必乘夜求我？爾可來則可去，毋稍延。」婦慚而出。茲事近怪，麗婦何人，山村安得有是？設蒲留仙聞之，殆必狐鬼之矣。顧中丞而外，絕無知者，誠能秘而不宣，不尤渾然無跡耶。

湘軍與楚軍

咸豐朝，曾文正創立湘軍，軍制四哨為營，營凡五百人，諸軍遵用之。獨王壯武（鑫）不用，別為營制。左文襄初出，以四品京堂從文正治軍，所募五千人，參用壯武法，有營有旗，旗凡三百二十人，不稱湘軍，別自號為楚軍。楚軍名由此起。近人輒以湘軍、淮軍對舉，罕知湘與楚之各別者。

左宗棠論戰

左文襄總制陝甘，並授欽差大臣，督辦軍務。上疏曰：「臣維西北戰事，利在戎馬，東南戰事，利在舟楫。觀東南事機之順，在炮船練成後，可知西北事機之轉，亦必待軍營馬隊練成後也。春秋時，晉侯乘鄭之小駟以禦秦，為秦所敗，是南馬不能當西馬之證；漢李陵提荊湖步卒五千，轉戰北庭，為匈奴所敗，是步隊不能當馬隊之證。」援據經史，讀書得間。

魏元烺奏操練軍隊之法

昌黎魏麗泉（元烺），道光壬辰官閩浙總督，英吉利船至閩之五虎，要求貿易，元烺檄將弁逐走之。是年，復平臺灣匪民張丙、陳辦等之亂。戊戌，疏請試習炮陣，略言：

閩省為濱海巖疆，武備最要，而火器為先。火器有速戰陣者，於軍尤利。能合眾志為一心，統全軍為一伍。其佈陣式，如額兵一千，酌選其半，以五人為伍，五伍為排，為小隊，兵百人，為大隊。遞用外委把總、千總管領，積五隊，計兵五百，為一旅，以將弁統之。數十旅，統以提鎮。由伍而排而隊，使將皆識弁，弁皆識兵。如臂之於身，指揮如意。其操演之法，兵分兩翼立。每大隊百兵炮二，每旅前列炮十，繼以鳥槍，接以矛刀弓箭，如牆而進。對壘交鋒，又以馬隊立於陣之兩翼為游兵，四隅關顧，聯絡相維。其進退疾徐，則分旗色以為號令。法既簡明，用又敏捷，無營之大小，兵之多寡，皆可遵循練習，以寒敵膽而壯軍威。

奏入，報可。按：元烺所陳操演之法，巨炮護前，槍隊繼之，短兵又繼之，視今日新式兵操，其規制不甚相遠。唯鳥槍呰窳，易以後膛快槍，則利鈍迥殊耳。

秦承業寵遇

熏篪之壎，《集韻》、《韻會》並許元切，音喧，俗讀若「熏」，誤也。嘉慶朝，上元秦尚書文懿（承業），直上書房最久。宣廟在潛邸，承業盡心啟沃，每陳說大義，根據經訓，即音讀務求詳核。宣廟嘗語侍臣：「壎字讀暄音，不讀薰音。曩秦師傅所授。」承業嘗進見，帶扣墮，斷為二，侍臣皆失色。承業從容拾起，叩頭退。上命將斷鉤呈視。承業奏：「此係燒料，非玉質。」上命侍監取御用金鑲貓兒眼黃色線絛扣帶賜繫，並命無庸繳還。清制：唯宗室用黃帶子，漢大臣得拜賜者，二百數十年間，文懿一人而已。其承寵遇如此。

櫻花狩

日本人賞櫻花，名曰櫻花狩（見前），此聞之東友，彼都人凡郊行皆謂之狩。

記雲郎事補

曩選《臼辛漫筆》，有辨《茶餘客話》記雲郎事一則，比又得一確證，可補《漫筆》所未盡，因並《漫筆》原文，纚述如左。

《客話》云：雲郎者，冒巢民家僮紫雲，徐氏子（字九青）。儇巧善歌，與陳迦陵狎。迦陵為畫雲郎小照，遍索題句。王貽上、陳椒峰、尤悔庵詩皆工絕（相傳迦陵館冒氏，欲得雲郎，見於詞色，冒與要約。一夕，作梅花詩百首，詩成，遂以為贈。余曾於賓華盒得見九青小像，亟囑同人工畫者臨撫一本，今猶在行篋，跣足坐苔石，憨韻殊絕）。一日，雲郎合巹，迦陵為賦〈賀新郎〉詞，有「努力做槁砧模樣，只我羅衾渾似鐵。擁桃笙，難得紗窗亮」之句。〈惆悵詞〉云：「城南定惠前朝寺，寺對寒潮起暮鐘。記得與君新月底，水紋衫子捕秋蟲。」相憐相惜，作爾許情態，可見髯少年風致。冒子萇原嘗語予云：「雲郎後隨檢討，始終寵不衰，晚歸商丘家，充執鞭之役，昂藏高軀，黃鬚如蝟，儼幽並健兒。或燭炧酒闌，客話水繪園往事，輒掩耳洮瀾，如瀉瓶水也（《漫筆》引《客話》止此）。

比余收得陽羨任青際（繩隗）《直木齋全集》，有〈摸魚兒〉詞，為陳子其年弔所狎徐雲郎云：「想當然，徐娘老去，再生還是情種。深閨變調為男子，偏向外庭恩寵。花心動，曾記得蹋歌玉樹娛張孔。紅絲又控，愛叔寶風流，元龍湖海，夙世定同夢。誰知道，才把餘桃親捧，玉容一旦愁重。從今省識蓮花面，生怕不堪供奉。直慚悚，趁寒食清明，金碗埋青塚，髯公休慟。從古少年埸，回頭及早，傲煞侍中董。」吳天石評：「李夫人蒙面不見武皇，此有深意。非彌子瑕所曉。人皆為髯嗐，君獨為云幸，是禪機轉語。」按：據此詞，則是徐郎玉隕，尚在苕齡，何得有執御商丘之事。任吳並與迦陵同時，其詞與評，可為確證。冒子萇原之言，殊唐突無據，決不可信也。且任詞後段，及吳評「獨為云幸」云云，若對萇原之言而發，是亦奇矣（《漫筆》止此）。

偶閱迦陵《湖海樓詞》（卷二十）有〈瑞龍吟〉一闋，〈春夜見壁間三弦子，是雲郎舊物，感而填詞〉云：

春燈炧，拌取歌板蛛縈，舞衫塵灑。屏間乍見檀槽，與秋風扇，一般斜掛。簾兒罅，幾度漫將音理，冰弦都啞。可憐萬斛春愁，十年舊事，㦒㦒倦寫。記得蛇皮弦子，當時妝就，許多聲價。曲項微垂流蘇，同心結打。也曾萬里，伴我關山夜。有客向潼關店後，昆陽城下。一曲琵琶者，月黑楓青，輕攏細砑。此景堪圖畫，今日愴人琴淚如鉛瀉。一聲聲是，雨窗閒話。

此詞迦陵自作，視任詞、吳評，尤為確證。誠如冒甚原所云：「詎猶作爾許情語耶。」大底刻谿之士，好為翻成案殺風景之言，往往莛可以楹，西施可以厲，此猶無關輕重者耳。雲郎一稱阿雲，迦陵有《留別阿雲〈水調歌頭〉惆悵詞》，凡二十首，為別雲郎作（「城南定惠前朝寺」云云，其第十二首）。句云：「一枝瓊樹天然秀，映爾清揚照讀書。」又云：「柳條今日歸何外，只剩寒雲似昔年。」又云：「寄語高樓休挾彈，鴛鴦終是一心人。」（審此二句之意，則迦陵別雲郎，殆有所迫而然，非得已也）蔣大鴻撰《惆悵詞序》：

> 徐生紫雲者，蕭郢州尚幼之年，李侍郎未官之歲，技擅平陽，家鄰淮海，託身事主，得侍如皋大夫。極意憐才，遂遇潁川公子，分桃割袖，於今四年。雖相感微辭，不及於亂。若乃棄前魚而不泣，弊軒車而彌愛，真可謂寵深緣耩，歡逾絳樹者矣。維時秋水欲波，元蟬將咽，公子乃罷祖帳而言旋，下匡床而引別。江風千里，詎相見期，厥有惆悵之篇，曲盡離憂之致。僕豈無情，何以堪此。傷心觸目，曾無解恨之方。拊節和歌，翻然作助愁之歌。

云云。以詩及序考之，當日清揚照讀，實只四易葛裘。甚原云「相隨始終，迄於晚健」，灼然非事實矣。迦陵又有〈題小青飛燕圖詩〉，序云：

婁東崔不凋孝廉，為余紈扇上書《小青飛燕圖》，花曰小青，開豔者有九，一春燕斜飛其上，題曰：為其所題九青小照（寶華庵所藏九青小像，即崔不凋曾題之本）。後一日作，意欲擬九青於飛燕也，因題一絕（詩不錄）。

又有〈書小徐郎扇〉詩，自注：「雲郎侄也。」詩云：「旅舍蕭條五月餘，菖蒲花下獨躊躇。宴前忽聽鶯喉滑，此是徐家第幾雛。」又馬羽長最愛雲郎，見《惆悵詞》自注。

「不登孌童之床」辯

《茶餘客話》云：「北齊許散愁，自少不登孌童之床，不入季女之室。」（按：二語曾於明人某說部見之，不能舉其名矣。《客話》未載明出處）夫以不登孌童之床，為卓行可表見，不幾以分桃割袖為人之恒情耶。諦審斯言，殊有語病。

小紅有二人

小紅，姜白石侍兒，范文穆所贈也。白石〈過垂虹〉詩，有「小紅低唱我吹簫」之句。湯玉茗侍兒亦名小紅。烏程張秋水（鑾）《冬青館》甲集〈過臨川懷玉茗〉詩，句云：「唯有《牡丹亭》院本，樽前重聽小紅歌。」自注：「小紅，玉茗侍兒。」

陽曆二十八日為晦

陽曆有月盡二十八日者，明謝肇淛《五雜俎》引〈景龍文館記〉云：「景龍四年，正月二十八日晦。」詎亦月盡二十八日耶？

絕韻

正月十九日為燕九，昔人詩詞多用之。《五雜俎》云：「閩中以正月二十九日為窈九，謂是日天氣常窈晦然也，家家以糖棗之屬作糜餔之。」窈九字入詩詞絕韻，顧前人未有用者，殆限於閩之一隅耳。在杭（肇淛字）閩人，故能言之。

《朔方備乘》有傳本

黃彭年撰〈刑部員外郎何君願船（秋濤）墓表〉：

咸豐初年，罷安徽撫幕，還京師，益究心經世之務。當謂俄羅斯地居北徼，與我朝邊卡相近，而諸家論述，未有專書，乃採官私載籍，為《北徼彙正編》六卷，復增衍圖說，為八十五卷。陳尚書孚恩言於上。命以草稿進，上覽而稱善，更命繕進，賜名《朔方備乘》。召見，由主事晉員外，懋勤殿行走。庚申之變，書亡，上詢副本，黃侍郎宗漢，盡取君所藏稿，將繕寫重進，而侍郎寓齋不戒於火，是書遂不復存。

云云。按：《朔方備乘》一書，見今確有傳本，滬上有石印縮本（凡八冊，密行細字），當是庚申亡失之書，為收藏家所得，付之剞氏耳。

吳和甫事略（附李汝珍《音鑒》）

泰興吳和甫少宰（存義），道光壬寅任雲南學政。邊徼士惇樸而信，公翼翼以慎，校藝至丙夜不休。諸生悅教，於於日親。人囿方音，多不能辨四聲。公於音韻貫穿今古，乃以李氏《音鑒》教之，歲月改觀。是時，回民煽亂，公巡試永昌。竣事啟行，出郭數里，城中火燭天。駭詢左右，則曰：「回人構兵，既期矣。使者清德不敢犯，俟出城而後舉火也。」咸豐乙卯，簡雲南鄉試正考官，留任學政。其視學也益誠，士民益親學使如家人。

顧回亂益烈，至逼省城圍之。城中兵又哄掠各衙門及富家，獨不入學政廨一步。民攜婦孺藜藿就匿者數千人，號舍皆滿。夫先後二十年間，一人之身，督某省學政者再，求之科舉之世，殆復未必有二。學使者非親民之官，顧乃得民心若彼，則夫士者民之秀也，士論歸之，即輿論莫不翕然，《詩・甫田》章：「雲烝我髦士。」斯旨也。

李氏《音鑒》，為卷凡六。首卷釋字、聲、音、韻，五聲、五音之類，二卷釋字母、反切、陰陽、粗細之類，三卷釋初學入門，四卷釋南北方音，五卷釋空谷傳聲，六卷《字母五聲圖》。分字母三十有三，以同母二十二字為訣。其無字空聲，悉詳注翻切，統以同母，叶以本韻，隨字呼之，其音無不啟齒而得，於音韻之學，不啻瞭若指掌。若閩、粵人不諳官音，得是書以研求，蓋事半功倍云。李氏名汝珍，字松石，大興人。

吳和甫為民屈膝

又和甫少宰以內艱在籍。是歲道光戊申，江北大水，泰興饑。知縣張興澍，公同年生，相善也，一以荒政聽公。公倡士大夫議賑，募富人資至踸，曰：「吾為數十萬人屈也。」昔顧梁汾為營救吳漢槎，屈膝於納蘭容若，汪訒菴為欲得漢楊惲印，屈膝於錢梅溪（見《眉盧叢話》），未若少宰一屈膝為尤可傳矣。

金烈女

金烈女，休寧人。父雲門，髮逆之亂，以黃州知府殉節。賊之攻黃州也，太守先奉檄防守通城，而賊由蒲圻入，烈女隨母及姊困危城中。城陷，將自裁，叔父瑾畬止之。女大言曰：「叔父何說也？吾第與賊一面即辱矣。」乃為母與姊整冠服，皆縊，然後從容自縊於旁，咸豐壬子十二月四日也，年二十二。夫烈女「面賊即辱」一言，所謂充類至義之盡。昔某貞婦，腕為人握，輒以利刃自斷其腕，而烈女尤嚴絜有加焉，可以愧世之隳節易操，而曲為之辭以自恕者。烈女幼慧能詩，激烈有英氣。太守嘗以「吟風弄月」，戲命其孫屬對，女適旁侍，應聲曰：「立地頂天。」太守亟歎賞之，謂夫人曰：「惜哉，女子也。」所著詩曰《紉蘭集》。

華山道士幻術

《五雜俎》一書典麗賅博，多述異聞。其一則云：

相傳永樂中，上方燕坐樓上，見雲際一羽士駕鶴而下。問之，對曰：「上帝建白玉殿，遣臣於陛下索紫金樑一枝，長二丈，某月日來取。」言畢，騰空而去。上驚異，欲從之，獨夏原吉曰：「此幻術也。天積氣耳，安有玉殿金樑之理？即有之，亦不當索之人間也。」狐疑不決。數日，道士復至曰：「陛下以臣為誑乎？上帝震怒，將遣雷神示警。」上謝之，又去。翌日，雷震謹身殿。上大懼，括內外金，如式製之。至期，道士復至，稽首稱謝，樑逾千斤，而二鶴銜之以去。上語廷臣，原吉終不以為然，乃密遣人訪天下金賤去處，則蹤跡之。至西華山下，果有人鬻金者甚賤。乃隨之至山頂，見六七道士，方共斫樑，見人即飛身而去，使者持半樑覆命，上始悔悟。

按《明外史》：夏原吉，字維喆，湘陰人。永樂朝，官戶部尚書，加太子少傅，進少保，卒謚忠靖。夫索金樑弗獲，即遣雷神示警，有若是顢頂之上帝乎？茲事不經至極，亦成祖之慚德，有以致之。稍通達事理者，類能察其誕妄，即如原吉所見，亦未為卓絕高深，顧何以師濟盈廷，而能辨偽破惑者，原吉而外無聞焉。詎親近者不敢直言，疏逖者不獲進言歟。雖然，譸張為幻，自昔恒有，漢武帝之文成五利，唐玄宗之羅公遠、葉法善，何一非道士者流，此道士尤鶻突耳。

謝在杭論五行相生相剋

《淮南子》曰：「水生木，木生火，火生土，土生金，金生水。」五行生剋之說，由來舊矣。謝在杭以己意推演之，欲窮生剋之變，以破生剋之說，俾世知子平家言，不足深信。其言曰：

五行有生中之剋，有剋中之用；有反恩而成仇，有化難以為恩。如火生於木，而焚木者火；水生於金，而沉金者水。火本剋金，而金得火乃成器；金本剋木，而木得金乃成材。

又曰：

水生木矣，而木中有液，謂木生水亦可；火生土矣，而石中有火，謂土生火亦可（按：石土之類也，以金擊石，則火迸出，石不能離金以生火，猶水不能離土以生木也），此兩相生者也。水剋火矣，而火焚則水乾，謂火剋水亦可；土剋水矣，而水浸則土潰，謂水剋土亦可。此兩相剋者也。水不能離土而剋土，土不能離水而剋水，此相親而相剋者也；火燎木而生於木，土遏火而生於火，此相憎而相生者也。

又曰：

洱海水面，火高十餘丈，蜀中亦有火井，是水亦能生火也。火山地中，不生草木，鋤钁所及，應時烈焰，是土亦能生火也。至於陽燧火珠，向日承之，皆可得火，火固不獨生於木也。

又曰：

五行唯金生水，頗不可解。說者曰：「金為氣母，在天為星，在地為石，雲自石生，雨從星降。故星動搖而沾風雨，石礎潤而沾雨水，故謂金生水也。」予謂金體至堅，而有時融液，是亦生水之義也。至周興嗣千文，謂金生麗水，則水反生金矣（按：沙金自水中淘出，是水生金之確證）。夫生剋之變若彼，則生剋之說，庸可泥乎？世論以生剋斷吉凶，孰能神明變化，而觀其會通也，而顧可深信乎？

謝氏碩學方聞，淹貫群籍，《五雜俎》一書，分天、地、人、事四部，多有獨到之處，心得之言。明人中若胡應麟、曹能始堪伯仲，以視楊用修、陳眉公輩，相去不可道里計矣（蕙風曰：「鐘彝出土多剝蝕，土何嘗不剋金；戶址帖地積朽腐，土何嘗不剋木；地經粗鋤輒坎窅，金何嘗不剋土；刃遇堅節恒齒缺，木何嘗不剋金」）。

為徐珂女書稿題詞

徐仲可舍人（珂）以其女公子（新華）山水書稿二幀見貽，冰雪聰明，流露楮墨之表，於石谷麓臺勝處，庶幾具體。仲可囑作題詞，調寄〈玉京謠〉云：

玉映傷心稿，鳳羽清聲，夢裡仙雲幻（用徐陵母夢五色雲化為鳳事）。故紙依然，韶年容易淒惋。乍洗淨金粉春華，澹絕處山容都換。瑤源遠，湘萍染墨，昭華摛管（徐湘萍、徐昭華皆工書）。茸窗舊、掃煙嵐，韻致雲林，更楷模北苑。陳跡經年，蟫奩分貯絲繭。黯贈瓊風雨蕭齋，帶孺子泣珠塵涴。簾不捲，秋在畫圖香篆。

按：此調為吳夢窗自度曲，夷則商犯無射宮腔。今四聲悉依夢窗，一字不易。余之為詞，二十八歲以後，格調一變，得力於半唐。比歲守律綦嚴，得力於漚尹；人不可無良師友也。

自集楹聯

曩自集句為楹聯云：「余唯利是視（見《左傳。晉侯使呂相絕秦》），民以食為天」（見《通鑑》賈閏甫謂李密語下句：「而有司曾無愛惜屑越」）。所謂吃飯主義也。

「好書到手莫論錢」

偶於友人處見集句楹聯，上句「舊詩改處空留韻。」下句未佳，余易以「好書到手莫論錢」。斯願未易償耳。

牽牛織女隔銀河七十二度

牽牛去織女隔銀河七十二度，見宋陳藏一《話腴》。

「免」字考

《大戴禮記・公符》第七十九：「推遠稚免之幼志，崇積文武之寵德。」注：「免，猶弱也。」蕙風曰：「當作『子生三年然後免子父母之懷』之『免』字解。」

「佱」、「㞄」字解

佱，《字彙》：「作甸切，音薦，屋斜用佱。」㞄，音簟。《廣韻》：「徒念切，支也。」《集韻》：「揞也。」《字彙》：「支物不平，一作磹。」此類通俗需用之字，或有記憶弗及，故著之。

康熙年間擬禁纏足、禁八股文

康熙七年七月，禮部題為「恭請酌復舊章，以昭政典事」，覆左都御史王熙疏內開：

一順治十八年以前，民間之女，未禁裹足。康熙三年，遵奉上諭，議政王貝勒大臣九卿科道官員會議，元年以後，所生之女禁止裹足。其禁止之法，該部議覆等因，於本年正月內，臣部題定。元年以後，所生之女，若有違法裹足者，其女父有官者，交吏兵二部議處，兵民交付刑部責四十板流徙，其家長不行稽察，枷一個月，責四十板。該管督撫以下文職官員，有疏忽失於覺察者，聽吏兵二部議處在案。查立法太嚴，或混將元年以前所生者，捏為元年以後，誣妄出首，牽連無辜，受害亦未可知，相應免予禁止可也。

一康熙元年以前，考取鄉會試，做八股文章。二年八月內，因上諭：「八股文章，實於政事無涉，自今以後，將浮飾八股文章，永行停止。唯於為國為民之策論表判中，出題考試，欽此。」自甲辰改制科，歷丁未至康熙八年己酉，禮部題定，嗣後照元年以前例，仍用八股文章考試，俱奉旨依議。

夫禁纏足、廢八股，皆清之末季所謂新政也。蓋二百數十年前，而其機已動矣。天下事由斂抑入寬舒易，由寬舒復斂抑難，纏足、八股，皆束縛人之具，禁之廢之，所謂由斂抑入寬舒也，則其事易行也。

男子生子、婦人長鬚

宋宣和六年十二月，都城有賣青果男子，有孕而誕子，坐蓐不能收，換易七人，始分娩而逃去。茲事絕怪，殆未之前聞，其分娩奚自耶？又豐樂樓酒保朱氏子，其妻年四十餘，忽生髭鬚，長六七寸，疏秀甚美，宛然一男子之狀。京尹以其事聞於朝，詔度朱氏妻為女道士（已上兩事見《宣和遺事》）。明時有婦人生鬚，事出大家閨闥，尤奇。仁和孫夫人楊氏，名文儷，工部員外郎應獬女，禮部尚書餘姚孫文恪公升之繼室。諸子登進士榜者四人：太保吏部尚書清簡公鑨，禮部尚書鋌，太僕卿錝，兵部尚書鑛，皆夫人教之。《四庫提要》稱有明一代以女子而工科舉之文者，文儷一人而已。夫人髦而有鬚，年過百齡，有詩集，刻入《武林著述叢編》丁丙跋云云。

「六如」之號

《心經》偈云：「如夢幻泡影，如露亦如電。」明唐寅一號六如，用此。宋靖康元年，遣李鄴使金軍求和。鄴歸，盛誇虜強我弱，謂虜人如虎，使馬如龍，上山如猿，下水如獺，其勢如太山，中國如累卵。時號鄴為「六如給事」。見《宣和遺事》。

西方有佳礦

《神異經》（漢東方朔撰）云：「西方深山有獸焉，面目手足毛色如猴，體大如驢，善緣高木，皆雌無雄，名綢順。人三合而有子，要路強牽男人。」今滬上流妓（俗名雉妓），丙夜邀客於路，三五為群，奚啻數百十輩，當以「綢順」名之。《神異經》又云：「西方日宮之外有山焉，其長十餘里，廣二三里，高百餘丈，皆大黃之金。其色殊美，不雜土石，不生草木，上有金人，高五丈餘，皆純金，名曰金犀。入山下一丈有銀，又一丈有錫，又入一丈有鉛，又入一丈有丹陽銅，似金，可鍛以作錯塗之器。」按：此誠佳礦，殆五大洲所無。設令礦學家得而有之，其人必化為金犀。

上山容易下山難

仁和陳小魯（行）《一窗秋影盦・題〈山外看山圖〉。減字浣溪沙》云：

踞虎登龍心膽寒，上山容易下山難。幸君已過一重山。　前面好山多似髮，一山未了一山環。問君何日看山還。

按：唐李肇《國史補》載韓退之遊華山，窮極幽險，心悸目眩不能下，發狂號哭，投書與家人別。華陰令百計取之，方能下。此事可作小魯詞第二句注腳。

葛姓多仙翁

平湖葛詞蔚以其尊人毓珊部郎遺像囑題，因檢《尚友錄》，甄葛姓事，列名僅七人，而其五以神仙稱。周葛由（羌人也，成王時，好刻木羊賣之。忽一日，騎羊入蜀中，王侯貴人追之，上綏山。山在蛾嵋西北，最高無極，隨之者不復還，皆得仙。諺曰：「若得綏山一桃，雖不得仙亦豪」）、吳葛元（字孝先，初從左慈授九丹液、仙經，後得仙，號為仙翁）、晉葛洪（事見《晉書》）、葛璝（亦稱仙翁，彭州有葛仙山，因璝得名）、宋葛長庚（瓊州人，母以白玉蟾呼之，應夢也。後隱於武夷山，號海瓊子。事陳翠虛九年得道。嘉定中，詔封紫清明道真人），靈跡蟬嫣，它姓殆未曾有。漚尹題〈臨江仙〉，余亦寄此調云：

家世列仙官列宿，才名小集丹陽（宋葛勝仲，著《丹陽集》二十四卷），當湖雅故在青箱（部郎輯《當湖文系》），太沖原卓犖，叔度自汪洋。　三十六年回首憶，共攀蟾窟天香（己卯同年），幾人寥廓遂翱翔（《瘞鶴銘》：「天其未遂吾翔寥廓耶」），滄州餘病骨，辛苦看紅桑。

歇拍云云。所謂鮮民之生，不覺詞之淒抑也。

「目迷五色」有新解

近人作壽序、墓誌等文對於科第失意者，輒用「目迷五色，坡失方叔」語。按：宋葉夢得《石林詩話》：「李廌，陽翟人。少以文字見蘇子瞻，子瞻喜之。元祐初知舉，廌適就試，意在必得廌以冠多士。及得章援程文，以為廌無疑，遂以為魁。既拆號，殊悵惘，以詩送廌歸。其曰：「平時謾識古戰場，過眼終迷日五色。」蓋道其本意（按：〈弔古戰場文〉、〈日五色賦〉，皆唐李華作。子瞻蓋以華比廌，「目迷五色」作看朱成碧解，亦非）廌自是學亦不進，家貧不甚自愛，常以書責子瞻不薦己。子瞻後稍薄之，竟不第而死。據此，則李方叔事，以不用為宜。

「槐花黃」

今人但知「槐花黃，舉子忙」，不知「枇杷黃，醫者忙。」（見前）按：《石林詩話》云：「前輩詩材，亦或預為儲蓄。余常從趙德麟假子瞻所閱《淵明集》，末手題兩聯云：『人言盧杞是奸邪，我覺魏徵殊媚嫵。』又『槐花黃，舉子忙。促織鳴，懶婦驚。』或將以為用也。」據此，則「槐花黃」云云，斯語亦已舊矣，顧亦未詳所出。

薛濤箋

蜀姬薛濤之名見於記載夥矣，未見作薛陶者。宋李濟翁《資暇錄》有一則，辨以「松花箋」為「薛濤箋」之誤，凡言薛濤，並改「濤」作「陶」，意者（避）其家諱耶。

驢別稱「衛」考

《資暇錄》云：「代呼驢為衛，於文字未見，謂衛地出驢，義在斯乎？一說以其有軸有槽，譬如諸衛士冑曹也，因目為衛（按：《資暇錄》凡應用「世」字處，並作「代」疑亦避家諱也）。」按：北魏闞勝《誦德碑》凡「鴻臚」字，並作「鴻驢」。考「鴻臚」，即秦典客之官，掌諸侯及蠻夷降者。「鴻驢」云者，謂凡屬附之國，舉有保衛之責歟？《正字通》云：「驢鳴以正午及五更初，不舛漏刻。」鴻臚之職，主傳聲贊遵導。曰鴻臚者，取其宣達以時歟？亦作「鴻盧」。見《唐書・和逢堯傳》。

絕對

「三才天地人，四始風雅頌」，「五行金木水火土，四位公侯伯子男。」皆相傳以為絕對。明陸粲《說聽》載一聯云：「五事貌言視聽思，七音宮商角徵羽。」（按：琴七弦，一宮、二商、三角、四徵、五羽、六少宮、七少商，即此七音之名。）亦謂不能有二。蕙風幼時，曾以「五子周程朱張」對「四傑王楊盧駱」。

馮妓與洞庭商

《說聽》云：

洞庭葉某，商於大梁。眷妓馮蝶翠，罄其資，迨凍餒為磨傭。一日，在街頭鬻麥，馮適騎驢過，下驢走小巷中，使驢夫招葉，葉辭以無顏相見，強而後至。馮對之流涕曰：「君為妾至此乎？」出白金二兩授葉，屬更衣來訪。如期而往，馮以五十兩贈之。曰：「行矣，勉為生計。」葉戀戀不捨，隨罄其資，仍傭於磨家。久之，邂逅如初。馮謂葉：「汝豈人耶？」要之抵家，重與十鎰，且曰：「速作行計。倘更留，必以一死絕君念。」葉遂將金去，貿易三載，貲贏數千，以其千取歸老焉。

夫蝶翠者，能與人十鎰，其聲價可知。顧猶騎驢，蓋大梁近北省，丁明之世，猶有樸質之風焉。十年前，滬上徵曲戶轎捐，諸妓出應徵召，則坐傭奴之肩以行。虞或墜也，則一手據其顱，雖年逾花信者亦然。奴若意甚得者，腰腳挺勁而趨風。又浙省江山船妓，凡登岸上船，皆傭奴作鐘建之負，亦甚不雅觀，不如騎驢之為愈矣。

郗夫人戒其弟

王右軍郗夫人戒其二弟愔、曇曰：「王家見二謝來，傾筐倒庋；見汝輩來，平平爾。可無煩復往。」（見《世說新語》）按：二謝謂安、萬也。萬字萬石，安弟。《晉書》謂其器量不及安，而善自曜，則其為人蓋淺甚。其後受任北征，矜豪傲物，常以嘯詠自高，未嘗撫眾。兄安深憂之，謂萬曰：「汝為元帥，諸將宜數接對，以悅其心。豈有傲誕若斯而能濟事也？」萬乃召集諸將，都無所說，直以如意指四坐云：「諸將皆勁卒。」諸將益恨之。未幾，率眾入渦潁援洛陽，會北中郎將郗曇以疾病退還彭城，萬以為賊盛致退，便引軍還，眾遂潰散，狼狽單歸，廢為庶人。斯人才器亦復爾爾，安在高出愔、曇輩上。矧曇之退師，猶因疾病，雖未能力疾致果，以視萬疑賊遽退潰眾敗名，猶為彼善於此。觀人難於未然，郗夫人之精鑒容猶有未至歟。

陶淵明有無侍兒考

《竹坡詩話》：「或問坐客：『淵明有侍兒否？』皆不知所對。一人曰：『雍端年十三，不識六與七（《責子詩》，雍名份，端名佚。雍、端皆小名）。』此豈非有侍兒耶？〈懶真子〉亦謂『雍端年十三，則固非一母，其為庶出可知』。蕙風曰：「安知其孿生也？」

昭君妹未出塞

白香山詩〈同諸客嘲雪中馬上妓〉句云：「雪裡君看何所以，王昭君妹寫真圖。」後人據此，遂謂昭君有妹。蕙風曰：「昭君有妹，事無足異。唯是昭君曾經出塞，故有雪中馬上之說，詎其妹亦曾出塞耶？是詩殆比況之詞，謂夫畫中情景與昭君出塞相同。則馬上之人，竟似昭君之妹耳。」

白居易潤筆之豐

白樂天〈修香山寺記〉曰：

予與元微之定交生死之間，微之將薨，以墓誌文見託。既而元氏之老，其臧獲輿馬綾帛洎銀案玉帶之物，價當六七十萬為謝文之贄。予念乎生分，贄不當納，往反再三，訖不得已，回施茲寺。

凡此利益功德，應歸微之。

云云。按：一墓誌文而以七十萬為贄，唐人重潤筆至是，可以為侈矣。杜少陵詩〈聞斛斯六官未歸〉云：

故人南郡去，去索作碑錢。
本賣文為活，翻令室倒懸。
荊扉深蔓草，土銼冷疏煙。
老甘休無賴，歸來省醉眠。

白、杜二公時代相距不數十年，胡豐嗇迥殊若是。意者，斛斯藻翰，遠遜香山，唯是少陵故人，固宜健者，抑或屬其作碑之人家世不逮元氏。然既有泐碑刻銘之舉，即亦非甚簡陋之家。昔人嘗謂唐宋文人，為巨公掩，湮沒不彰者，不知凡幾。以此觀之，即其及身遭際，已有窮達之不同，可知聲氣之習入人甚深，而寒士謀生之大不易矣。

毛子晉小傳

太倉陳言夏（瑚）所著《確庵集》，版式仿錢牧翁《列朝詩集》，傳本絕少。繆筱珊、傅沅叔及余所藏皆不全。余所得之本，書心尚未刻字，當是剞劂甫竟，送校之樣本。確庵與毛子晉交契甚深，文稿中有〈為毛潛在隱居乞言小傳〉一首。考牧翁《有學集》有〈子晉墓誌〉，羌無故實，不足資尚論。此小傳敘述綦詳，凡藏書家所快睹也。亟錄如左，以廣其傳。〈傳〉云：

今海內皆知虞山有毛子晉先生。毛氏居昆湖之濱，以孝弟力田世其家。祖心湖，父虛吾，皆有隱德。而虛吾強力耆事，尤精於九九之學。佐縣令楊忠烈堤水平振，功在鄉里者也。子晉生而篤謹，好書籍。父母以一子，又危得之，愛之甚。而子晉手不釋卷，篝燈中夜，嘗不令二人知。早歲為諸生，有聲邑庠，已而入太學，屢試南闈不得志。乃棄其進士業，一意為古人之學。讀書治生之外，無它事事矣。江南藏書之富，自玉峰菉生堂、婁東萬卷樓後，近屈指海虞。

然庚寅十月，絳雲不戒於火，而巋然獨存者，唯毛氏汲古閣。登其閣者，如入龍宮鮫肆，既怖急，又踴躍焉。其制上下三楹，自子迄亥，分十二架。中藏四庫書及釋道兩藏，皆南北宋內府所遺。紙理縝滑，溪潘流瀋。有金元人本，多好事家所未見。子晉日坐閣下，手翻諸部，讎其訛謬，次第行世。至滇南官長不遠萬里，遣厚幣以購毛氏書。一時載籍之盛，近古未有也。

蓋自其垂髫即好鋟書，有屈、陶二集之刻。客有言於虛吾者曰：「公拮据半生，以成厥家，今有於不事生產，日召梓工弄刀筆，不急是務，家殖將落。」毋戈孺人（錢牧齋《初學集》有〈毛母戈孺人序〉，亦空文不具事實）解之曰：「即不幸以鋟書廢家，猶賢於樗蒲六博也。」乃出橐中金助成之。書成而雕鏤精工，字絕魯亥，四方之士，購者雲集。於是向之非且笑者，轉而嘆羨之矣。其所鋟諸書，一據宋本，或戲謂子晉曰：「人但多讀書耳，何必宋本為？」子晉輒舉唐詩「種松皆老作龍鱗」句為證，曰：「讀宋本然後知今本老龍鱗之為誤也。」

子晉固有巨才，家畜奴婢二千指，同釜而炊，均平如一。躬耕宅旁田二頃有奇，區別樹藝，農師以為不逮。竹頭木屑，規劃處置，自具分刌。即米鹽瑣碎，時或有貽一詩、投一札者，輒舉筆屬和，裁答如流。其治家也有法，旦望則率諸子拜家廟，以次謁師長，月以為嘗。以故一家之中，能文章，嫻禮義，彬彬如也。生平無疾言遽色，凝然不動，人不能窺其喜慍。及其應接賓朋，等殺井井。顧中庵嘗笑曰：「君胸中殆有一夾袋冊耶？」

崇禎壬午、癸未間，遍搜宋遺民《忠義二錄》、《西臺慟哭記》與月泉吟社《河汾谷音》諸詩，刻而廣之。未幾，遂有甲申、乙酉南北之事。每自歎人之精神意思所在，便有鬼物憑依其間，即予亦不知其何謂也。變革已後，杜門卻掃，著書自娛，無矯矯之跡，而有淵明樂天之風。與耆儒故老黃冠緇衲十數輩，為佳日社，又為尚齒社，烹葵翦菊，朝夕唱和以為樂。間或臨眺山水，當其得意處，則留連竟日。遇古碑文碣志，急呼童子摩榻數紙，然後去。嘗雨後與予探烏目諸泉，窮日之力。予饑且疲矣，回顧子晉，方行步如飛，登頓險絕，樂而忘返，其興會如此。居鄉黨好行其德，篤於親戚故舊。其師若友，如施萬賴、王德操輩，或槖饘終其身，或葬而撫其子。建黃涇諸橋，恒一十八里，無望洋褰涉之苦。歲大饑，則賑穀代粥，周鄰里之不火者。司李雷雨津嘗賦詩贈之曰：「行野漁樵皆拜賜，入門僮僕盡鈔書。」人謂之實錄云。

所著有《和古人詩》、《和今人詩》、《和友詩》、《野外傳》若干卷，《題跋》若干卷，《虞鄉雜記》若干卷，《隱湖小識》若干卷。所輯有《方輿勝覽》若干卷，《明詩紀事》若干卷，《國秀》、《隱秀》、《弘秀》、《閨秀》等集，海虞《古文苑》、《今文苑》各若干卷。予與子晉交閱數年矣，久而敬之，如一日也。明年丁酉改歲之五日，為其六十初度之辰，其子褒、表、扆，猶子天回、象謙、雲章，暨其倩陳錤、張溯顏、馮長武輩，請予一言介壽。予因作一小傳，以乞言於綴文之家，亦書予之所及知者而已。子晉初名苞，字子九，後更名晉，字子晉，潛在其別號也。

按：據〈小傳〉，子晉六十生辰，歲在丁酉，為順治十四年，則是生於萬曆二十四年丙申。甲申入清朝，年四十七。確庵《婁江集》有〈和陶輓歌辭哭毛子晉並序〉云：「子晉棄我先逝，在己亥之秋七月，」蓋年六十二也。又按：繆、傳二君所藏《確庵集》皆無〈子晉小傳〉。

蘭陵歌妓

《確庵詩稿・淮南集》〈蘭陵美人歌示辟疆〉云：

辟疆豪氣今人獨，客來便肯開醽醁。
生平杯勺未能勝，勸客千觴歡不足。
笥輿迎我向園亭，夜夜紛紛奏絲竹。
妒殺楊枝鸜鵒歌，惱亂秦簫鳳凰曲。
徐郎窈窕十五六，髮覆青絲顏白玉。
昔之紫雲恐不如，滿座猖狂學杜牧。

（注：楊枝、秦簫、紫雲，皆歌者）

按：歌者三人，紫雲最知名。陳其年《湖海樓詩集》有〈楊枝曲〉七言長篇及〈贈楊枝〉七言絕句，阮文達《廣陵詩事》云：「冒巢民歌童紫雲，色藝冠流輩，陳迦陵畫其小影，同人題詠甚多。又有楊枝，亦極妍媚。後二十年，楊枝已老，其子尤手豔，因呼小楊枝。」邵青門題其卷云：「唱出陳髯絕妙詞，鐙前認取小楊枝。天公不斷消魂種，又值春風二月時。」而唯秦簫未聞品題，賴確庵詩以傳矣。確庵有〈秦簫歌〉云：

堂上醉葡萄，堂下奏雲璈。
左盼舞徐纂，右眄歌秦簫。
秦簫秦簫調最高，當筵一曲摩雲霄。
邯鄲盧生橫大刀，磨崖勒銘意氣豪。
漁陽摑鼓工罵曹，曹瞞局蹐如猿猱。
長安市上懸一瓢，義聲能激□家獒（自注：歌邯鄲、漁陽、義盧獒諸曲）。
一歌雨淙淙，再歌風蕭蕭。
三歌四座皆起立，欲招鳴鶴驚潛蛟。
喜如蘇門嘯，思如江潭騷。
怒如秦廷筑，哀如廣武號。
引我萬種之愁腸，生我一夕之二毛。
淚亦欲為之傾，心亦欲為之搖。

吁嗟乎秦簫，爾居楚地但解作楚歌，
胡為乎輩壯慷慨，乃能為燕趙之長謠。
我愛秦簫聲，不惜秦簫勞。
願將議士忠臣曲，遍付秦簫緩拍調。
君不見，黃幡綽，敬新磨，嘲笑詼諧何足慕。
唯有知秋雷海青，凝碧啼痕感行路。

又〈和有仲觀劇斷句十首贈別巢民〉，其二云：

十五徐郎舞袖垂，秦簫歌罷又楊枝。
魏公未是知音者，但有新詞付雪兒。
秦簫北曲響摩天，刻羽流商動客憐。
擬譜唐宮凝碧恨，海青心事情伊傳。

就詩意審之，當日秦簫按歌，殆必擅場生淨，以彼銅琶鐵板，非不渢渢移人，未如低唱曼聲，尤為靡靡入聽。此題詠所以弗及，而名字為之翳如也。確庵有心人，其所感觸、出於徵歌顧曲之外，不惜長言詠歎之耳。

闈中戲占小詞

光緒間，某京卿督學福建，值秋試，巡撫別有要公，學使代辦監臨，闈中戲占小詞，調〈減字木蘭花〉云：

冷官風調，半外半京君莫笑。文運天開，體制居然學撫臺。　盡人擺弄，線索渾身牽不動。何物相倅，請看京師大肘猴（都門影戲有所謂大肘猴者。「肘」字不可解，疑「種」之聲轉）。

出闈後，去諸幕友。並先與約：如有一人不笑，則學使特設為此君壽，或二人三人不笑亦如之；如皆笑，則幕友醵資宴學使。稿出，竟無一人不笑者，乃公同置酒，極歡而罷。

四川鄉試有弊端

同治丁卯科，四川鄉試，將軍某代辦監臨。頭場發題紙，每百張率九十五張，洎不敷分布，考生嘩索，僅乃補發。又供給所循例奉監臨院門包銀壹千兩，歷屆皆然，蓋陋規也。是科門包入，因成色不足，退換至於再三。無名氏撰聯云：「題紙發來九五扣，門包退換兩三回。」

王鵬運諫帝后駐蹕頤和園

曩歲在甲辰，撰《蘭雲菱夢樓筆記》（時客常州），記王半塘侍御諫園居事甚悉，其摺稿當時匆匆一讀，以未經錄存為惜。比由漚尹輾轉乞借得之，亟錄如左，並筆記亦節述焉。

掌江西道監察御史王鵬運奏：為時事多艱，園居侍養，請暫緩數年，恭摺仰祈聖鑒事：竊自今年入春以來，皇上恭奉皇太后駐蹕頤和園，誠以聽政之暇，皇上得以朝夕承歡。而事機之來，皇太后便於隨時訓迪，聖慈聖孝，信兩得也。況御園駐蹕，祖宗本有成憲，如臣檮昧，尚復何言？然睘睘之忱，以為皇太后園廷駐蹕，順時頤養，以迓祥和，誠天下臣民所至願。若皇上六飛臨駐，揣時度勢，有不得不稍從緩圖者。臣職在進言，苟有所知，何敢安於容默，謹為我皇上敬陳之。

自和議既成之後，財匱民離，敵驕國辱，固久在聖明洞鑒之中，無俟微臣贅述。恭讀去年四月朱諭：「我君臣當堅苦一心，力圖自強之策。」至哉王言，今日非力持堅苦之操，難策富強之效。聖言及此，真天下之福也。昔齊頃公之敗於搴也，歸而弔死問疾，七年不飲酒食肉，而湮陽之田以歸。夫飲酒食肉，誠何礙於政？史臣特舉人所至近易忽之處，以狀其日不暇給之忱。是以風聲所樹，不必戰勝攻取，鄰國畏沮之心自生。實效先聲，理固相因而至。夫人情不遠，援古可以知今。而環伺綦嚴，返觀能無滋懼。臣非不知我皇上宵衣旰食，在宮在園，同此勵精圖治。然宸衷之艱苦，左右知之。海內臣民不能盡悉也；在廷知之，異域旅人不能盡見也。恐或以溫清之晨昏，誤以為宸遊之逸豫，其何以作四方觀聽之新，杜外人覬覦之漸也哉。

臣又聞前次皇上還宮，乙夜始入禁門，不獨披星戴月，聖躬無乃過勞。而出警入蹕之謂何，亦非慎重乘輿之道。又今之頤和園，與圓明園情形迥異。其時承平百年，各署入直之廬，與百官待漏之所，規模大備，相習忘勞。今則蕪廢已逾三十年，一切辦公處所，悉皆草創，俱未繕完。

大臣雖僅有憩息之區，小臣之踟躕宮門，露立待旦者，不知凡幾。而綴衣趣馬後先奔走於風露泥淖之中，更無論矣。體群臣為九經之一，亦願皇上垂鑒之也。

又近讀邸抄，立山奉命管理圓明園，皇上兩次還宮，皆至園少坐。外間訛傳，遂疑有修復之舉。臣愚以為值此時艱，斷不致以有限之金錢，與無益之土木。且借貸業已不貲，更何從得此鉅款，此不足為聖明慮。然臣因之竊有進者：當同治改元之始，其時御園甫經兵燹，與葺匪難，乃竟聽其蕪廢者，豈憚勞惜費哉。蓋欲使深宮不自暇逸之心，昭示於薄海內外，是以數年之內，海宇敉平，武功克蕆。前事具在，聖謨孔彰。伏願皇上念時局之艱難，體垂簾之德意，頤和園駐蹕，請暫緩數年。俟富強有基，經營就緒，然後長承色笑，侍養湖山，蓋能先天下之憂而憂，自能後天下之樂而樂。其所謂以天下養者，不且比隆虞帝哉。臣愚昧之見，是否有當。

云云。光緒二十二年三月十三日，《筆記》云：

半塘諫駐蹕頤和園事，時余遠在蜀東，未聞其詳。及晤半塘揚州，乃備悉始末。先是，內廷即逆料言官必有陳奏者。越日而張侍御（仲炘）上封事，樞臣咸相趨動色，曰：「來矣。」及啟視非是，則額手稱慶，蓋侍御亦以直諫名也。不三日而半塘之疏上。時恭邸、高陽相國同值，相國謂恭邸：「此事大臣不言，而外廷小臣言之，吾曹滋愧矣。此人不可予處分。少遲入對，唯王善言保全之（蕙風曰：半塘乃得力於高陽，絕奇，亦天良發見，不能自已耳）。」恭邸亦謂然，而顧難其詞。

及入對，上欲加嚴譴，恭邸以相國言，婉切陳論。上曰：「寇某何為而殺也？」（內監寇某，以妄奏正法，所奏即此事）恭邸復奏：「寇某內臣，不應干外事。所奏無當否，皆有辠御史諫官，詎可一例而論。」上意稍解，徐曰：「朕亦何意督過言官，重聖慈或不懌耳。汝曹好為之地，但此後不准渠等再說此事耳。」於是樞臣於原摺內夾片附奏，略謂「該御史冒昧瀆奏，亦屬忠愛微忱，臣等公同閱看，尚無悖謬字樣，可否籲恩免究」云云。意在聲敘寬典之邀，出自臣下乞請也。疏留中，旋車駕恭詣請安，面奉懿：「旨御史職司言事，余何責焉。王大臣面奉諭旨：此後如再有人妄言及此，僥倖嘗試，即將王鵬運一併治罪。王大臣欽遵傳諭知悉。」蓋自是不聞駐蹕頤和園，聖駕還宮亦較早矣。半塘允錄此摺稿寄余常州。別後，半塘匆匆之鎮江，之杭州、蘇州，遭兩廣會館之變，竟不果寄（《筆記》止此）。

余甚欲得此摺稿，十一年於茲矣。秋陰積雨，漚尹攜來共讀，俯仰陳跡，銷魂黯然。

穆彰阿愛才

道光丁酉科，順天鄉試，二場春秋題「楚屈完來盟於師盟於召陵（僖公四年）。」某中式卷，文中牽涉魯事，與題蹖盭。磨勘官以文理荒謬簽出，部議總裁降級留任，同考官革職，舉人褫革。同考某官部曹，謁其座師某公，極言簿領清寒，積資匪易，一旦罷斥，殆將無以為生。某公殊憫念之，謂之曰：「子姑少安，試代求穆相（穆彰阿）。」磨勘官某，穆之門生也。越日，穆相入直，為言於祁（寯藻）、湯（金釗）兩文端，二公亦云茲事可從寬典，第部議已定，恐難挽回。穆退直，商之於某太史。太史稍躊躇，對曰：「某卷云云，固有所本。蓋唐人啖助之說也。」穆曰：「得之矣。」明日入對，玉音及磨勘事，即以是說陳奏，得加恩改為總裁、同考皆罰俸，舉人某罰停三科。其實啖氏所著書，今日絕無存者，顧安得有是說。穆氏相業無得而稱，茲事獨能保全十類。相傳曾文正簡在伊始，頗得穆相汲引之力（見《眉盧叢話》）。蓋猶有愛才恤士之雅，未可以其碌碌無奇節，遂並其可傳者而亦沒之也。

再談女子纏足

女子纖足，不自南唐窅娘始。比余考辨之，數矣（見《眉廬叢話》及前筆），茲又得一確證。唐段成式《酉陽雜俎》載葉限女金履事云：「陀汗國主得之，命其左右履之，足小者履減一寸，乃令一國婦人履之，竟無一稱者。」諾臯固屬寓言，可見當時婦女以足小為貴，其不始於五代可知。

妓之管領者名瑟長

妓之管領者名瑟長，《霞箋記》傳奇（元無名氏撰，演李玉郎、翠眉娘事）第十三齣〈訪求佳麗〉科白云：「不免在教坊司喚瑟長來問它。」殆即綠巾跨木（見前筆）者之流亞歟？

殺愛妾啖士

《金史・忠義傳》：「烏古論黑漢為唐鄧元帥府把軍官，權刺史，行帥府事。城中糧盡，殺其愛妾啖士。」此又一張睢陽，千古忍人，不圖無獨有偶。

元英宗禁白蓮教

《元史・英宗紀》：「至治二年閏五月癸卯，禁白蓮佛事。」即今所謂白蓮教也。

唐人寫佛經

陸放翁《老學庵筆記》云：「永康軍導江縣迎祥寺，有唐女真吳彩鸞書佛《本行經》六十卷，多闕唐諱。今人但知彩鸞書《唐韻》矣。」女真即女冠，謂為女仙，亦屬附會。

宋有兩葉夢得

《宣和遺事》：

崇寧二年夏四月，詔毀《唐鑒》、蘇、黃等集，又削景靈宮元祐臣僚畫像。是秋九月，蔡京與其子攸，並其客強俊明、葉夢得，將元符末忠孝人分正上、正中、正下，奸邪人分邪上、邪中、邪下，為六等，凡五百八十二人。詔中書省籍記姓名。又將先朝大臣司馬光、文彥博，范祖禹、程明道、程伊川、蘇軾、蘇轍、呂公著、呂誨等，凡一百一十九人籍為奸黨，御書刻石，立於端門。又詔書頒行天下，立石刊刻元祐黨籍。

按：《豫章漫鈔》云：「宋有兩葉夢得，俱號石林。吳縣石林字少蘊，官至宰執。貴溪石林，南渡朝進士，官至秘書丞，知撫州。今《性理大全》所引石林，葉氏，次西山真氏後者，非少蘊也。」（《漫鈔》止此）據《宋史》少蘊本傳（貴溪石林，不見史傳）徽宗朝，自婺州教授召為議禮武選編修官，用蔡京薦召對云云，則遺事所稱蔡氏之客，決為少蘊無疑。少蘊為有宋名臣，列傳文苑，而乃托足權門，抑且參預黨籍，名德之累，孰大於斯。詎遺事近於稗官家言，未足盡信耶？然而自是宋人之筆，去少蘊之世，若此其未遠也，其書尤流傳有緒，未可以齊東之語目之也。

柯劭慧《楚水詞》

友人至自京師，持贈膠州女柯稚筠（劭慧）《楚水詞》，偶一幡帒〈減字浣溪沙・和鳳孫二兄〉，起調云：「疊疊山如繡被堆，盈盈水似畫裙圍。」頗有思致。近人某詞句云：「裹衾如繭學紅蠶。」意與柯詞近似。又柯詞〈虞美人・過拍〉云：「夕陽一線上簾衣，正是去年遊子憶家時。」則漸近渾成矣。

隔窗觀天象

明嘉靖中，周公相由天文生，歷官欽天監監正，洞曉曆算占候之術，嘗與唐荊川先生反覆辨難，其言曰：「候占星宿，不但知其分野度數而已；星之光色，各各不同，要須隔紙窗穿隙觀之，一見其光，便知為某星，百不失一，方可言占候耳。」（見明顧起元《客座贅語》）此論為西國天學家所未及。

明朝中葉有騎驢習俗

明陸粲《說聽》載大梁妓馮蝶翠騎驢事（見前）。比閱《客座贅語》引《四友齋叢說》：「前輩服官乘驢者，在正、嘉前，乃常事，不為異。」又云：「頃孫塚宰丕揚嘗對人言，其嘉靖丙辰登第日，與同部進士騎驢拜客，步行入部。」據此，則明之中葉，雖達官新貴，往往騎驢，何論妓女。《贅語》又云：「景前溪中允為南司業時，家畜一牝騾，每詣監輒乘之，旁觀者笑之，亦不顧。」凡此質樸之風，蓋至明末而已漓矣。

有人姓皇名太子

齊武帝時，有小史姓皇名太子，帝易名為犬子。斯人命名絕奇。

墨匣之用

近人來雪珊（鴻瑨）《綠香館稿》有制體文一首，題曰〈墨匣〉，殊雋穎可誦，移錄如左。

置墨以匣，適於用矣。夫墨有用之時，即有不用之時，不可無以置之也。有此匣焉，不已適於用哉，且昔人有磨穿鐵硯者矣。夫墨而至磨以硯，且以臨時而磨墨於硯，蓋不勝予手之拮据焉。乃有獨運匠心，特設一器以預為備，而為開為閉，有不必耗以鐵，而直須製以銅者，則有如墨匣，是謀安置之方者，有墨床以為之所。然墨床者，閒寄之時，非應用之時也，苟無濃汁以待涵濡，臨穎不免研求之苦。具浸淫之瀋者，有墨池以設其旁。然墨池者，傾儲之用，非舒寫之用也。苟無善貯以資帖妥，揮毫誰收明試之功。必待用墨而始調治乎，則倚馬千言之會，臨書猝辦，或乞靈鸜鸜鴿而太勞，抑或澹墨而輕揮寫乎，則塗鴉萬點之餘，著紙無光，縱筆走龍蛇而減色。遂乃有墨匣之製。

匣所以善護藏，麝丸螺點之清芬，其勢不容以暴露。使漫置之，其塵將聚而封也。墨匣則護藏有法，而文機勃發，應手而物便取攜；佳句推敲，撚髭而時堪耐久。匣之宜常宜暫者，覺墨花揮灑，起訖無斷續之痕矣。至於嚼墨一噴，可以橫掃千人軍者，尤見文人慧業也已。匣所以供多蓄，蘇海韓潮之抒寫，其汁正藉乎加增。使淺置之，其涸可立而待也。墨匣則多蓄能容，而預備不虞，落紙而雲煙如染，逢源自得，題箋而風月常新。匣之為圓為方者，覺墨采飛騰，羅列皆濃酣之氣矣。至於磨墨數斗，群將號為一筆書者，無非才人樂事也已。且不第此也，凡物之以乾而舍者，則終事易棄其餘，而墨匣則有蓋相連，既成急就之章，而移時仍可開而染翰。硯匣筆床之處，不啻未雨而為之綢繆矣。

濕則曬以微陽，定見飛花濃蘸；燥則滋以涓滴，遂令枯管春生。況冰甌雪碗之旁，光明拂拭，有藉此為觀美之資矣，不且重厥位置也哉。凡物之與石相攻者，則毫芒易致其損，而墨匣則以綿最軟，不恃輕膠之忤，而濡毫較更快於臨池。筆酣墨飽之餘，居然垂露而彌形沆瀣矣。時而供之几案，不令滴水之它沾；時而取便舟車，無患傾筐而遽倒。況寸晷風簷之地，伸紙直書，且利此為場屋之用矣，不尤貴於調和也哉。其在寒士生涯，終歲以石田為活，而墨匣則價非甚貴，而力透紙背，具見大筆之淋漓。抑在豪家習氣，大都以金玉飾觀，而墨匣亦綞而增華。而磨異盾頭，益見文房之寶貴。

墨匣為用如此，又平湖錢起隆《制藝》一卷，名《采芳集》，皆摘《四書》中豔麗字句，遊戲成文，妁之言文有云：

宿瘤也以為仙姬，姣童也以為驕客。在媒或以眾見共聞，尚存廉恥，而妁乃備極其形容。優隸也以為俊秀，貧窶也以為豪華。在媒早以甘言溫語，任意相欺，而妁乃更從而點綴。

又云：

本以婦人輕信之耳，妁復鼓彼如簧，遂使母氏專權，父雖欲禁之而不得。本以深閨獨處之嬌，妁竟誘諸覿面，遂使高堂未許，女先遙慕之而如迷。妁之巧者，意僅切於肥囊；妁之拙者，幻亦生於閱歷。儻以彼列諸冠蓋，即是蘇張遊說之儔。妁之老者，口舌既堪惑女；妁之少者，容貌並可悅男。故以彼略試逢迎，遂諧秦晉婚姻之好。

精警圓澈，亦當收入《制藝叢話》。

聯語詠魁星

魁星承塵，分詠詩鐘。膾炙人口之聯云：「曾將彩筆干牛斗，不許空樑落燕泥。」又一聯云：「文章自古須錢買（魁星右手執筆，左手持元寶），臺閣而今半紙黏。」尤為超以象外，得其環中。顧此聯罕聞稱述者。

某學士春聯

乙未、丙申間，京師宣武門外繩匠胡同，某學士宅門署春聯云：「但將酩酊酬佳節，孤負香衾事早朝。」歲朝後數日，易而去之矣。

唐代銀錠

托活絡忠敏藏唐時錠銀（錠字通俗為文），厚約今尺一寸弱，長五寸許，兩端圓闊而腰斂，闊處約二寸五分，狹處一寸七八分（當時未記尺寸，茲彷彿其大略，重量亦未詳也），上有「開元八年」字。忠敏戲問余：「君愛此銀否？」余笑應曰：「余是銀皆愛，微特愛唐朝銀，即清朝銀，尤愛之甚，恨不多得耳。」忠敏為之聽然。當日清談雅謔如在目前，詎意桑海晌遷，山河遽邈，雨窗記此，慼愴交並矣。

李汝珍精研音韻

大興李松石（汝珍）精研音韻之學，著《李氏音鑒》六卷，有〈三十三字母行香子詞〉云：

春滿堯天，溪水清漣。嫩紅飄，粉蝶驚眠。松巒空翠，鷗鳥盤鶣，對酒陶然。便博個，醉中仙。

按：三十三字母，即本華嚴字母，參以時音，別為考訂者。昌茫（陰平）陽（陰平）（梯秧切）羌商槍良（陰平）囊（陰平）航（陰平）（批秧切）方（低秧切）江（鳴秧切）桑郎康倉（安岡切）娘（陰平）滂（陰平）鄉當將湯瓤（陰平）（兵秧切）幫岡臧張廂。（三十三字，分八句讀。前七句，句四字，末句五字。）松石《行香子詞》以雙聲求之，與字母恰合，次序亦順，作為字母讀，可也，詞句亦復工麗。

兄亦稱府君

府君之稱，托始隋、唐碑誌，取家人嚴君之誼，為子對於父之通稱。明楊循吉《蓬軒別記》載袁某景泰中遊京師，為石駙馬行降筆法，決某月某日復官。豐城侯李公母目盲，袁召天醫行治，輒得復明。又為總兵石亨作遊仙夢法，致玉黃子王瓜。末云：「三事皆予伯兄武略府君所目擊。」則兄亦稱府君矣。

莫難即木難

《古今》注：「莫難珠，色黃，出東方。」蕙風曰：「莫難即木難，木莫一聲之轉。《南越志》：『木難，金翅鳥沫所成碧色珠也。』當作沫難，莫難、木難，皆同聲傳訛。」

八旗人名上不具姓

清朝八旗人名上不具姓，元人亦間有之。康里巎巎（按：巎巎，巎字，從山，從夒，或作猱巙。《說文》：「巎，奴刀切。」與夒龍之夒不同。見《金石屑》第四冊旡文宗永懷二字，北平翁氏跋：「世傳從夒作巎，誤」），筆札流傳者，只書巎巎，不著康里。明解大紳（縉）《春雨雜述》「學書法」一則云：「夔子山平章每日坐衙罷，寫一千字才進膳。」亦如近人稱旗人，竟以名之上一字為姓矣。

年號不可考者

《古碑誌》中年號，間有不可考者。唐大泉寺《新三門記》稱：「劉宋開明二年，邑令顏繼祖舍宅移寺。」考宋無開明之號。又宋開寶六年，《重書龍池石塊記》，首稱：「大漢通容元年，歲在甲辰，其年大旱。」陽湖陸氏曰：「甲辰，後晉出帝改元開運之歲，後漢高祖以開運四年二月即位，仍稱天福十二年。六月，改國號曰漢。明年正月，改元乾祐，終漢二世，無以通容紀年者。」又托活絡忠敏所藏黃丙午葬磚文曰：「政通三年三月黃丙午葬。」政通年號無考，且有三年，非僭號為日無多者比，殊不可解。又唐《趙夫人墓誌》，亦忠敏藏石，《志》云：「以元和十五年，少帝即位，二月五日，改號為永新元年。」所謂少帝者，自指穆宗而言，但穆宗初改永新，考新舊《唐書》，並無其事。已上各年號，為向來記載所未有，詎皆出自杜撰耶？又元泰定五年，《贈寧海州知州王慶墓表》文云：「父生於擴慶庚申，妣生於擴慶丙辰。」按：丙辰，慶元二年也。庚申，慶元六年也。古碑刻追述毫社之年多矣，直斥帝諱（擴字，宋寧宗諱），而配以年號上一字，僅見此一碑，亦新奇可紀也。

蘇軾號老泉，字子平

近人但知老蘇稱老泉，而不知子瞻亦稱老泉。葉少蘊云：「蘇子瞻謫黃州，因其所居之地，號東坡居士，又號老泉山人，以眉山先瑩有老人泉也。子瞻嘗有『東坡居士老泉山人』八字共一印，見於卷冊。其所畫竹，或用『老泉居士』朱文印。歐陽文忠作《明允墓誌》，但言人號老蘇，而不言其自號老泉。」葉、蘇同時，當不謬也，見《茶餘客話》。（按：據此，則老蘇並無號老泉之說矣）又子瞻一字子平，世人亦罕知者。同時與子瞻往來詩，常有稱子平者。文與可《月岩齋》詩有云：「子平一見初動心，輦致東齋自磨洗。」又云：「子平謂我同所嗜，萬里書之特相寄。」詩題下注云：「詩中子平，即子瞻也。」見《黃乃餘話》。

滿文與日文讀音略同者

《茶餘客話》云：「清文對音七字，乃歌、麻、支、微、齊、魚、虞七韻之音。字頭中，又以阿、厄、衣、窩、烏五字喉聲為方。凡聲皆出於喉，傳於鼻唇齒之間，而又收聲於喉。」按：日本字母首五字，アイウエオ（母音、喉音）ア讀若阿，イ讀若衣，ウ讀若烏，エ讀若阿耶切（此切音之「耶」字，須讀若「葉」字之平聲，不讀若「鵶」），音近厄。オ讀若窩，上聲，與清文字頭略同。蓋清、日皆東土，其母音不甚相遠也。

秦晉之好

世俗以秦、晉稱姻家，據《春秋傳》，秦、晉世為婚姻，而世尋干戈，今人甫聯姻，則仇釁漸開，嫌隙無已，用秦晉之好語，最是的切耳，詎可用為稱美之詞。亦若對於科名偃蹇者，不當以李方叔事為比例也（說見前筆）。

墨琴夫人

偶閱書肆，有常熟瞿夢香（紹堅）《吹月塡詞館剩稿》瞿於雍（鏞）《鐵琴銅劍樓詞草》合裝一冊。以其為藏書家之作。亟購之。《剩稿》有詩題云：

曹梧岡三妹蘭秀，字澧香，幼學詩於令姊墨琴夫人，工詞，並善書，才名藉甚。松江沈生聞而慕之，請鐵夫蹇修獲成，納素珠、名帖為聘。女以玉穎十枚、珍書一部答焉。吳之人豔其事，賦詩以傳之。時戊辰歲正月下浣，予與艮甫有西湖之棹，出示新詠，並述此事囑和，口占四絕，即示梧岡。詩云：

其一

幼婦詞稱絕妙才，問名親繫色絲來。
牟尼百八如紅豆，顆顆圓勻貯鏡臺。

其二

筆自簪花抵佩琚，搴帷爭說女尚書。
鴛鴦兩字郎邊去，寫到鷗波恐不如。

其三

東風一線判冰華，昨夜春燈燦玉葩。
倚袖漫題紅葉句，定情詩早賦梅花。

其四

春帆水急待雲軿，端整催妝賦錦箋。
一付吟奩蘭一朵，載花端合米家船。

曹艮甫（楙堅）著有《曇雲閣詩集》，原作云：

其一

新來妝閣試羊裙，袒腹應知是右軍。
不獨鷗波傳墨妙，劉家三妹總能文。

其二

玉管銀毫裹十枝，緘題珍重射屏時。
阿兄替與安排好，半待簪花半畫眉。

其三

異書幾卷付新裝，絕勝它家百兩將。
料得金蓮花燭下，雙聲先擬賦催妝。

其四

鶯簾春靜費吟哦，巧奪天孫鳳字梭。
點檢柳金梨雪句，它時留付小紅歌。

按：墨琴女史，為王鐵夫（芑孫）夫人（名貞秀，長洲人），著有《寫韻軒集》，以書法聞於時，尤工小楷，所臨十三行石刻，士林推重。茲據瞿詩，知其妹亦工詩，精繪事。雙璧雙珠，允為玉臺佳話。至於嘉禮互答，率用文房珍品，尤為雅故可傳云。

埃及古碑

英人斯賓塞爾所著《群學肄言》，侯官嚴幾道（復）譯本，有云：「摩闕伯斷碑，出土於亞西之大阪。（按：據此則非洲亦有大阪，譯音與日本地名同），係腓尼加古文，語與希伯來大致相似。所紀者鄂摩黎征服摩闕伯，自阿洽之死，及攻以色列種人，皆中國周初時事。今其石在法國魯維省。」按：吾中國石刻，以周宣獵碣為最古，後於此斷碑，殆猶數百年。然埃及諸石刻，則尤敻乎邈矣。托活洛絡忠敏藏埃及碑數十石，多象形字，若禽魚亭臺雲物之屬。又有古王及后像，王像長軀巨目隆準，軒昂而沉鷙，后亦隆準短小而權奇（王像高今尺一尺二寸五分，后像高八寸三分，皆半身像，陽文）。忠敏題云：「五千年外物也。」

方琦父子疏宕不檢束

贛友某言：「新建勒少仲方伯（方琦）未達時，癖阿芙蓉甚深，率竟日臥不起，於枕邊稍進飲食，亦不少溲，並不轉側，如是者或三五日以為常。一日，有友過訪，值委臥三晝夜矣。呼之不起，強拉之，直其躬，懷中有物墮地，厥聲嗤然。亟視之，一巨鼠驚而跳踉，數乳鼠蠢蠢動。蓋鼠免身於其懷，而彼惛不知也。」此事似乎言之已甚，而贛友則云當時固確有目擊者。其公子名深之，字省旃，亦能詩，跅落無檢局。嘗客吳門，眷妓張少卿，製聯贈之云：「少之時戒之在色，卿不死孤不得安。」可謂有是父有是子矣。

施旭初不屑自潔

浙友某言，其鄉人施旭初孝廉（浴升）工制舉藝，淹雅可談，顧癖嗜阿芙蓉，芻狗塵事，不屑自潔治。曩春闈下第留京，同寓會館。某日，施約閱市，歸途購爆羊肉，為下酒計，裹以荷葉，索而提之，肉浮於葉，俄迸出墜於地。方相助掇拾，仍納葉中。施曰：「勿庸。」時屆秋末，施已絮其袍，緞製也，且新製。則攀其前幅，若為袱，左手攝衣兩角，右掬肉而兜之，夷然灑然，意若甚得者。既入其室，則抖而委之於榻，狼藉而咀嚼之。且以囑客，客謝弗遑也。客呼館人以盤至，則朵頤者泰半矣。客不呼館人者，殆將寢其皮，不止食其肉矣。即如其人，政復非俗，其藞苴者形骸耳，烏知其非有托而狂也。

三元樓

明山陰張宗子（岱）《陶庵夢憶》云：「吾鄉縉紳有治沅堂者，人不解其義，問之，笑不答。力究之，縉紳曰：『無它意，亦止取三臺三元之義云爾。』聞者噴飯。」蕙風避地海上，皆樓居，客歲得元版書三種（大德本《爾雅》、天曆本《楚辭》、五卷本《圖繪寶鑑》），名所寓曰三元樓。裘葛甫更，三元已易米，即樓亦易主矣（易所主也）。

古玩趣話

《花村談往》二卷，不著撰人名氏，有「古玩致禍」一則：「萬曆末年，婁東有一白定爐，下足微損，鄉村老媼佛前供養。偶有覓古者一金易之，則為拂拭，礪去損處，錦襲以藏，售雲間大收藏家顧亭林，得四十金。亭林又售董宗伯，價已翔至一百二十金。」云云。此顧亭林，時代在昆山先生之前。

汪琬、方璠雅量

長洲汪苕文（琬），號鈍翁，順治乙未進士，官刑部郎中，緣事謫北城兵馬司指揮。鈍翁夷然赴官，不謂塵犢不屑也。吾粵（桂平）陳鹿笙方伯（璠）先是官浙江同知，受知於巡撫蔣果敏（益澧），擢杭嘉湖道。未幾，牾果敏，被劾，降同知原官。鹿翁即以同知需次浙垣，隨班聽鼓，絕無憤懣不平之態，有鈍翁之遺風焉。其後年逾古稀，開藩四川，護任總督。俄卸督篆，仍回藩司本任，遂引疾歸。

論者謂才猷如鹿翁，設不經盤錯，則指晉疆圻，殆可與曾、左諸公分鑣平轡（鹿翁宦浙，丁洪楊亂事方劇，以防堵悉勰機宜，見重於蔣果敏），卒以意氣牾觸上官，致名位坎坷，即事功亦未竟展布，未嘗不佩仰其節介，而惜其涵養稍未臻至也。又汪鈍翁小字液仙，程可則小字拂壯。王阮亭有詩云：「佛壯談詩登秘閣，液仙趨府算錢刀。」（鈍翁先除戶部）一佛一仙，天然對偶。

「桃花源」考

梁任昉《述異記》云：「武陵源在吳中，山無它木，盡生桃李，俗呼為桃李源。源上有石洞，洞中有乳水。世傳秦末喪亂，吳中人於此避難，食桃李實者皆得仙。」按：此即淵明所記桃花源也，而曰桃李源者，任昉時代，距淵明未遠，當別有所據。後人或云，陶此記屬寓言，並無所謂桃花源者。今以任記證之，而知其非然矣。又據陶記，入桃源者，武陵捕魚人，是謂源在武陵，而任記則云，源在吳中，第名武陵爾，亦與陶說異。

棗梨皆堅木

棗梨皆堅木也，世人以為刻書所用。《述異記》云：「北方有七尺之棗，南方有三尺之梨，凡人不得見，或見而食之，即為地仙。」此棗梨之又一故事，特彼言其材，此言其實耳。

煉土為銅

《陶庵夢憶》云：「沈梅岡先生牾相嵩，在獄十八年。讀書之暇，旁攻匠藝。嘗以粥煉土，凡數年，範為銅鼓者二，聲聞里許，勝暹羅銅。」按：煉土為銅，殆僅亞於點石成金一等。銅可範鼓，即可鑄錢，此法若傳，則鄧氏銅山，不能專美於前矣。設令泰西人得之，不將詡為新發明耶。

以《漢書》之言為張之洞祝壽

光緒乙未，南皮張文襄相國總督兩湖，值六十壽辰，門下士姚汝說集《漢書》句為製錦之文，比事屬辭，如天衣無縫，求之向來壽言中，殆未必有二，移錄如左：

自古受命及中興之君（《恩澤侯傳》），必有非常之人（《司馬相如傳》），待以不次之位（《東方朔傳》）。所與共成天功者（《功臣表》），成周郅隆（《司馬相如傳》），周召是輔（《郎顗傳》），孝宣承統（《公孫宏傳》），丙魏有聲（《魏丙傳》）。莫不賴明哲之佐，（崔寔傳），爰作股肱（《傅毅傳》），受任方面（《馮異傳》）。外攘四夷（《武五子傳》），內親附百姓（《王陵傳》）。洪亮鴻業（《班固傳》），國以富強（《食貨志》）。是故四方仰望柱石之臣（《郎顗傳》），延頸跂踵（《揚雄傳》），相與嗟歎元德（《班固傳》），翼宣盛美（《徐稚傳》），雍容揄揚（《班固傳》），著於竹帛（《東方朔傳》），所從來遠矣（《司馬遷傳》）。

今皇帝仁聖（《王吉傳》），即位二十二年（《禮樂志》），盛日月之光（《終軍傳》），化於陶鈞之上（《鄒陽傳》）。尊養三老（《晁錯傳》），表章六經（《武紀》），丙申（《律曆志》）秋八月（《安紀》）三日（文紀），南皮（《地理志》）張公（《古今人表》），德為國黃耈（《師丹傳》），春秋六十（《郊祀志》），耆老大夫縉紳先生之徒（《司馬相如傳》），大眾聚會（《五行志》），皆奉觴上壽（《司馬遷傳》），於是綴學之士（《楚元王傳》）僉爾而進曰（《班固傳》）：

尚書（《百官公卿表》）歷金門，上玉堂（《揚雄傳》），職在太史（《律曆志》），身為儒宗（《蕭望之傳》），甚得名譽於朝廷（《尹翁歸傳》），方見柄用（《谷永傳》）。不知（《敘傳》）鄉（向）者（《張耳傳》），專心墳典（《馬援傳》），博貫六藝（《章紀》），通古今之誼（《儒林傳》），以揆當世之變（《劉向傳》），努力為諸生學問（《翟方進傳》），未有高焉者也（《韋賢傳》）。起家（《劉歆傳》）甲科（《匡衡傳》），當天下多事（《西域傳》），德器自過（《杜周傳》），不希旨苟合（《孔光傳》）。時有奏記（《朱博傳》），手自牒書（《薛宣傳》）。居無何（《李廣傳》），天子有詔（《匈奴傳》），使持節（《荀彧傳》）東遊會稽，渡浙江（《項羽傳》），選豪俊，舉孝廉（《武紀》），崇化厲賢（《儒林傳》），稱述品藻（《揚雄傳》），彬彬多文學之士矣（《儒林傳》）。

是歲（《溝洫志》），乘軺傳（《申公傳》），入楚（《項羽傳》），察風俗（《魏相傳》），修經學儒術（《宣紀》），增博士弟子員（《儒林傳》）。文章爾雅（《儒林傳》），角材而進（《賈誼傳》）。其有茂才異等（《武紀》）、卓行殊遠者（《霍去病傳》），莫不拔擢（《揚雄傳》），以厲其餘（《朱雲傳》）。間不一歲（《伍被傳》），至於蜀都（《司馬相如傳》），未及下車，而先訪儒雅（《儒林傳》），興廉舉孝（《武紀》），遣詣京師（《成紀》）。又修起學官於成都市中（《文翁傳》），能通一藝以上（《儒林傳》），得受業如弟子（《儒林傳》）。士有被容接者，名為登龍門（《李膺傳》）。於是諸儒始得修其經學（《儒林傳》）。

是後，外事四夷（《食貨志》），自敦煌至遼東，萬一千五百餘里（《趙充國傳》），以與戎界邊（《匈奴傳》），北夷頗未輯睦（《武紀》），使外國者（《西域傳》），頗增其約（《匈奴傳》）。公曰（《五行志》）：「朔方（《食貨志》）最為強國，（《西域傳》），非可以仁義說也（《匈奴傳贊》）。然不可使隙（《匈奴傳》），定地犬牙相入者（《趙佗傳》），其勿許而辭之（《匈奴傳》）條對（《梅福傳》）。」天子遣使（《食貨志》），除前事，復故約（《匈奴傳》）。晉陽（《地理志》）股肱郡（《季布傳》），被山帶河（《婁敬傳》），據勢勝之地（《諸侯王表》），歲比不登（《成紀》），赤地數千里（《夏侯勝傳》），元元困乏（《翼奉傳》）。公至（《循吏傳》），轉旁郡錢穀以相救（《元紀》），數下恩澤（《黃霸傳》），蠲削煩苛（《王尊傳》），舉錯曲直（《元紀》），信賞必罰（《宣紀》），壹切治理，威名流聞（《趙廣漢傳》）。

當是之時（《徐樂傳》），西南外夷（《敘傳》）便於用舟（《朱買臣傳》），通商賈之利

（《匈奴傳》），船交海中（《郊祀志》）。百粤（《高紀》）為九州膏腴（《地理志》），處近海，多犀象毒冒珠璣（《地理志》），異方珍怪（《梁冀傳》），四面而至（《西域傳》），南海番禺（《地理志》），咸樂開市（《匈奴傳》），朝議（《盧植傳》）以公可屬大事當一面（《張傳》），天子詔（《匈奴傳》）浮海從東方往（《西南夷傳》），宣國威澤（《皇甫規傳》），問民所疾苦（《循吏傳》），為民興利，務在富之（《召信臣傳》）。其於技巧工匠（《宣紀》），便器械，積機關（《藝文志》），運籌算（《貨殖傳》），窮智究慮（《藝文志》），伐材治船（《嚴安傳》），雲合電發（《揚雄傳》），以通（《溝洫志》）殊鄰絕黨之域（《揚雄傳》）。

有越裳（《南蠻傳》）為樓蘭所苦（《西域傳》），殺屬國吏民（《段熲傳》），唐突諸郡（《段熲傳》），三邊震擾（《楊震傳》），此誠忠臣竭思之時也（《朱邑傳》）。公運獨見之明（《王莽傳》），遠撫長駕（《司馬相如傳》），為諸軍節度（《西羌傳》），列選有勇略仁惠任將帥者（《南蠻傳》），國士皆言願屬大樹將軍（《馮異傳》），識邊事（《王霸傳》）若馮（《馮岑賈傳論》），建節銜命（《寇恂傳》），即率所屬馳赴之（《段熲傳》），身當矢石（《段熲傳》），戰一日數十合（《李陵傳》），殺傷大當（《霍去病傳》）。於是樓蘭（《西域傳》）怖駭，交臂受事（《司馬相如傳》），即西北遠去（《匈奴傳》），厥功茂焉（《宣紀》）。

粵與楚接比（《地理志》），久之（《龔遂傳》），調補（《匡衡傳》）於湖（《郊祀志》）南北（《地理志》），亦善其政教（《衛颯傳》），表賢顯善（《王尊傳》），觀納風謠（《循吏傳》）。諸儒往歸之（《儒林傳》），傳業者浸盛（《儒林傳》）。乃列修黌宇（《儒林傳》），立精舍（《包咸傳》），凡所造構二百四十房（《儒林傳》），修道橋（《南蠻傳》），受南北湖（《地理志》），水園宮垣（《郊祀志》），醴泉流其唐（《揚雄傳》），臺閣周通（《梁冀傳》），高明廣大（《董仲舒傳》），費以億萬計（《司馬相如傳》）。既成（《京房傳》），立五經博士（《儒林傳》），選高才生（《翼奉傳》），明經飭行者（《文翁傳》），褒衣博帶（《程不識傳》），委蛇乎其中（《儒林傳》）。所以綱羅遺佚（《儒林傳》），宣明教化（《黃霸傳》），皇皇哉斯事（《司馬相如傳》）。惟念夷狄之為患（《匈奴傳贊》），通難得之貨（《貨殖傳》），利於市井（《貨殖傳》），泉刀布帛之屬（《食貨志》），鮮能及之（《宣紀》）。浸淫日廣（《食貨志》），靡敝國家（《嚴安傳》），憂慮不二三歲而已（《趙充國傳》），其已事可知也（《賈誼傳》）。

故善為天下者（《食貨志》），備物致用（《貨殖傳》），因時之宜（《西域傳》），立成器以為天下利（《貨殖傳》），諸作有租及鑄（《食貨志》），盡籠天下之貨（《食貨志》），以追時好而取世資（《貨殖傳》），而萬物不得騰躍（《食貨志》）。天子聞之（《李廣利傳》），欣欣以為然（《張騫傳》）。江南地廣（《地理志》），民殷富（《竇融傳》），東濱大海（《東夷傳》），南近諸越（《嚴安傳》），有三江五湖之利（《地理志》），亦一都會也（《地理志》）。先是（《揚雄傳》），朝鮮民犯禁（《地理志》），東夷橫畔（《揚雄傳》），有倭人（《地理志》）習於水鬥（《朱買臣傳》），發兵數萬（《匈奴傳》），為寇災不止（《西南夷傳》），天下騷動（《李廣利傳》），朝廷憂之（《朱暉傳》）。公（《循吏傳》）督軍（《皇甫規傳》），把旄杖鉞（《五行志》），乘江東下（《班固傳》），廣設方略（《皇甫規傳》），重其購賞（《西南夷傳》），激揚吏士（《吳漢傳》），以羽檄徵天下兵（《高紀》），義憤甚矣（《逸民傳》）。於時言事者（《元紀》），以為海內虛耗（《明紀》），而外累遠方之備（《嚴安傳》），又恐他夷相因並起（《趙充國傳》），非所以安邊也（《嚴安傳》）。議羈縻之（《匈奴傳》），使曲在彼（《匈奴傳》），豈古所謂懷遠以德者哉（《西南夷傳》）。

楚地方五千里，公之所居（《韓彭傳》），仍歸總攬（《刑法傳》），以鹽鐵緡錢之故（《食貨志》），山澤之利未盡出也（《晁錯傳》），乃更請郡國（《食貨志》），即鐵山鼓鑄（《貨殖傳》），冶熔炊炭（《食貨志》），有機有樞（《敘傳》），自造白金（《食貨志》），鑄錢（《鄧通傳》）。其文龍（《食貨志》）值千（《食貨志》），值五百（《王莽傳》），值三百（《食貨志》），二百（《地理志》），值百（《地理志》），值五十（《王莽傳》），是為銀貨（《食貨志》），費數十百巨萬（《食貨志》）。常以此為國家大務（《揚雄傳》），所以制四夷，安邊足用之本（《食貨志》），朝有所聞，則夕行之（《張衡傳》）。習算事（《宣紀》），興功利（《食貨志》），月異而歲不同（《賈誼傳》），運情機物（《張衡傳論》），民得利益焉（《衛颯傳》）。

公（《五行志》）才兼文武（《盧植傳》），忠清直亮（《陳蕃傳》），國家重臣也（《張湯傳》），朝廷每有四夷大議（《趙充國傳》），常佐天子興利除害（《鼂錯傳》），宣布恩澤（《董卓傳》），懷柔異類（《宋宏傳》）改制度，與天下為更始（《司馬相如傳》），設誠於內而致行之（《董仲舒傳》）。然束脩萬節（《袁紹傳》），不可干以私（《尹翁歸傳》），歲時但共紙墨（《後紀》），扶微學（《章紀》），延天下士（《儒林傳》），能通一經者（《儒林傳》），稱之皆不容口（《袁盎傳》），訓辭深厚（《儒林傳》）。及撰事圖策（《王褒傳》），夙夜思惟當世之務（《蓋寬饒傳》），小心翼翼（《安紀》），展無窮之動（《敘傳》），立功名於天下（《司馬遷傳》），聲聞鄰國（《司馬遷傳》），天子甚尊任之（《王商傳》）。故能惠此黎民（《韋賢傳》），躋之仁壽之域（《王吉傳》）。《詩》云：「宜民宜人，受祿於天。」（《刑法傳》）《泰誓》曰：「立功立事，可以永年。」（《郊祀志》）盛矣哉（《蕭曹傳贊》），慶流子孫（《樊酈傳贊》），聲施後世（《蕭曹傳贊》），雖皋夔衡旦密勿之輔（《班固傳》），殆無以過也（《孔融傳》）。

生等（《宣紀》）甕牖繩樞之子（《賈誼傳》），不能褒揚萬分（《谷永傳》）。比年（《宣紀》）肄業管弦之間（《禮樂志》），摳衣登堂（《王式傳》），說師法（《魯丕傳》），廣異義（《章紀》），被風濡化（《揚雄傳》），幸得遭遇其時（《王吉傳》），誠思畢力竭情（《班固傳》），以揚鴻烈而彰緝熙（《揚雄傳》）。書不能文也（《張敞傳》），謹就所聞見言之（《司馬相如傳》），撮其旨意（《藝文志》），以述《漢書》（《敘傳》）而為之敘（《藝文志》）。

唐時已有「老爺」之稱

劉蕙石屬校宋本《景德傳燈錄・睦州陳尊宿章次》（按：陳尊宿，唐咸通時人）云：「師喚焦山近前來，又呼童子取斧來。童子取斧至，云：『未有繩墨，且斫粗。』師喝之，又喚童子云：『作么生是你斧頭。』童子遂作斫勢。師云：『斫你老爺頭不得。』」「老爺」之稱謂，自唐時已有之。

鋪地錦

曩寓京師，嘗燕集宣武門外半截胡同江蘇會館，院落絕修廣，遍地纖草如罽，名「鋪地錦」。時屆暮春，著花五色，每色又分濃淡數種，或一花具二色、三色，或並二色、三色為一色。如茶綠、雪湖之類，殆不下數十色，風偃瀫紋，蹙繡彌望，當時絕愛賞之。《景德傳燈錄・涿州紙衣和尚章次》（按：和尚亦唐人）云：「初問臨濟：『如何是奪人不奪境？』臨濟曰：『春煦發生鋪地錦，嬰兒垂髮白如絲。』」此草絕佳，自唐時已有之，不見於題詠與記載，何也？

好事不出門，惡事行千里

又《傳燈錄・壽州紹宗禪師章次》云：「問：『如何是西來意？』師曰：『好事不出門，惡事行千里。』」又「千年田，八百主」，見「靈樹如敏禪師章次」。（按：兩禪師皆唐人）世俗常言，由來舊矣。

以佛語命名者

又《傳燈錄‧裴休傳心法要》云：「菩薩心如虛空，一切俱捨。所作福德，皆不貪著。然捨有三等：內外身心，一切俱捨，猶如虛空，無所取著，然後隨方應物，能所皆忘，是謂大捨；若一邊行道布德，一邊旋捨，無希望心，是謂中捨；若廣修眾善，有所希望，聞法知空，遂乃不著，是謂小捨。」按：南朝陳後主時，有女學士袁大捨，取名用此義也。又毛西河姬名曼殊，厲太鴻姬名月上，亦皆用佛語。《西域記》云：「曼殊室利。」唐言妙吉祥。《傳燈錄》云：「舍利弗尊者，因入城，遙見月上女出城，舍利弗心日思維。此姊見佛，不知得忍不得忍否？」（按：元好問《臺山雜詠》：「對談石室維摩在，珍重曼殊更一來。」「曼」字作平聲讀）

清初不准福建人入境

清朝自康熙已還，東三省每年奏報「並無福建人私行入境」云云，冬夏各一次。當時因鄭成功負固臺灣，設此禁例，防偵諜混跡也。相沿直至光緒季年，適張元奇巡撫吉林，見此奏報，佛然曰：「我即福建人，何云並無福建人入境也？」乃罷之。

天臺山遇仙女

劉晨、阮肇入天臺山遇仙女事，向來豔稱。顧天臺豔跡，猶不止此。鹽官談孺木（遷）《棗林雜俎》云：

天臺二仙女，宋景祐中，□（原缺一字）明炤採藥，見金橋跨水，光華炫目，有二女戲於水上，殆水仙洞府也。又天臺縣桃源，石壑千巖，人煙斷絕，其中古桃樹，年深化為精魅，常迷人。宋王介甫夜坐讀《易》，月照軒窗，忽有一姝容態娟麗，見介甫自言知《易》，遂相與談論畫前妙理，實能發人所未發，介甫喜甚。俄報司馬君實來訪，介甫出迎至軒中，彼姝即隱身不見。及司馬出，彼姝復來，介甫怪而問之，對云：「妾乃此山花月之妖，司馬公正人，妾不敢相見。」介甫爽然。

明代玉簫女

再世玉簫，重逢城武，事見《雲溪友議》，向來亦豔稱之。明時亦有玉簫。《棗林雜俎》云：「閩人周玉簫，武弁方輿妾，輿上議撫紅夷，梧大帥，繫獄七年。遣玉簫，玉簫誓不去。及事解詣闕，遇國變，又不得歸，玉簫感慕痛沒，有詩一百三十首行世。」此玉簫亦以情殉，獨惜其無隔世緣耳。

荔枝名翰墨香

閩荔枝有名翰墨香者，產銅山黃氏圃中。陸丹扆《小知錄》云：「林檎一名文林果。」可屬對。

「𠃌」字考

𠃌，《廣韻》：「都了切。」《集韻》：「丁了切，鳥懸也。」鄭樵《通志・六書略》：「訓童子陰。」

以篆書寫藥方

蘇州江艮庭（聲）精邪學，工篆籀，兼習越人術。每為人治疾，輒以篆字書藥方，藥肆人以不識故，往往致舛誤。先生則恚甚曰：「彼既開藥肆，烏可不識篆隸耶？」其迂僻如此。又德州田山姜（雯）癖好新奇，凡病，醫以方進，必書藥別名。如人參曰琥珀孫，黃耆曰英華庫，甘草曰偷蜜珊瑚之類（按：唐進士侯寧極撰《藥譜》一卷，盡出新意，改立別名，凡一百九十品。宋陶穀《清異錄》亦有之，蓋移述侯譜），書俗名者不飲也。設令艮庭先生為山姜先生診視，則以篆字書藥別名，尤為別開生面矣。

名醫有癖好

醫家性癖，猶有可記者。相傳太原傅青主（山）善醫而不耐俗，病家多不能致。然素喜看花，置病者於有花木寺觀中，令善先生者誘致之。一聞病人呻吟，僧即言羈旅貧人，無力延醫，先生即為治劑，無不應手而癒也。又雍、乾間，吳縣葉天士名桂，以醫名於時。有木瀆富家兒病痘閉，念非天士莫能救。然距城遠，恐不肯來。聞其好鬥蟋蟀，乃購蟋蟀十盆，賄天士所厚者誘以來。出見求治，天士初不視，所厚者曰：「君能治兒，則蟋蟀皆君有也。」乃大喜，促具新潔大桌十餘，裸兒臥於上，以手輾轉之，熱即易，如是殆遍。至夜，痘怒發，得不死。兩名醫之軼事如此。好樂而辟，賢者不免，毋亦先玩好而後疾病矣乎？傅先生尤通人，未可僅以名醫目之。

姓名諧語

有知府馬姓，知縣盧姓，會銜出示，幅小而字多，兩姓相並，府先縣後，距離絕近。一鄉人閱示者卒然曰：「驢字何反寫也？」旁觀者莞爾而笑曰：「它日者，吾邑侯不次超遷，官階在太守上，則驢字當改正矣。」

「先酌鄉人」

清制：各直省府州縣缺，概歸酌補。某大吏桑梓情深，對於鄉人多所遷就，僚屬為之語曰：「酌則誰先？」曰：「先酌鄉人」。

婦人為夫失身而自刎

徐容者，山陽陳某之孌童也，餘桃之愛甚深，為之納婦。成婚未久，值徐婦歸寧，陳即蹈隙乘間，往為墜歡之拾。詎婦因忘攜奩具，折回，有所見，則恚憤填膺，竟取廚刀自刎死。論者謂婦人因男子失身，而羞忿自盡，殆未之前聞。此婦節烈，可以風矣。陳、徐故事，前有迦陵、雲郎（雲郎徐姓），藝林播為美談。迦陵亦為雲郎娶婦，為賦〈賀新郎〉詞，有句云：「只我羅衾渾似鐵，擁桃笙難得紗窗亮。」當時雲郎之婦，萬一解此，當復何如？

結社之風

合群結社之風，莫盛於武林，由來舊矣。《月令廣義》云：「武林社，有曰錦繡社，花繡也；緋綠社，雜劇也；齊雲社，蹴踘也；角抵社，相撲也；清音社，音樂也；錦標社，射弩也；英略社，拳棒也；雄辯社，小說也；翠錦社，行院也。明山陰張宗子（岱）嘗結絲社，月必三會之。有小檄曰：「中郎音癖，清溪弄三載乃成；賀令神交，《廣陵散》千年不絕。器繇神以合道，人易學而難精。幸生山水清都，共志絲桐雅奏。清泉磐石，援琴歌水仙之操，便足怡情。澗響松風，三者皆自然之聲。政須類聚，偕我同志，爰立琴盟。」云云。又設鬥雞社於龍山下，仿王子安〈鬥雞檄〉檄同社。其從父字葆生，善詼諧，在京師與漏仲容、沈虎臣、韓求仲輩結噱社，唼喋數言，必絕纓噴飯。噱亦有社，蓋無乎不社矣。厲樊榭詩自注云：「明嘉靖間，西湖有詩社八，曰紫陽社，曰湖心社，曰玉岑社，曰玉岩社，曰南屏社，曰紫雲社，曰洞霄社，曰飛來社，社友祝九山時泰，高穎湖應冕，王十岳寅，劉望湖子伯，方十洲九敘，童南衡漢臣，沈青門仕分主之。」詩社固常有，然而同時並起，如斯其盛，殆亦僅見。

有妾名桃葉

王獻之妾名桃葉，見《古今樂錄》。白香山妾亦名桃葉。香山詩有云：「太湖石上鐫三字，十五年前陳結之。」結之，桃葉字。

王陽明神算

王漁洋《香祖筆記》云：「康熙乙丑夏，余遊廬山，宿開元寺，觀陽明先生《石壁天書紀功碑》末云：『嘉靖我邦國。』若前知世宗入繼大統者。」按：《碧里雜存》載王文成習靜陽明洞，預知門人朱白浦、蔡我齋入山事。詎陽明能前知，故於紀功碑中，用「嘉靖」二字，為將來之讖耶？吾邑陳蓮史先生（繼昌）為嘉慶二十五年庚辰科會狀，其廷試策首頌揚處，有「道光宇宙」字。逾年為道光元年，是則無心巧合，亦可謂幾之先見者矣。

經生黷財，名士好色

相傳經生黷財，名士好色，為有清一代風氣。王西莊未第時，嘗授讀某富家，每自館歸，必兩手作摟物狀。人問之，曰：「欲將其財旺氣摟入己懷也。」及仕宦後，以貪墨聞。或諷之曰：「昔賢清畏人知，先生不清不畏人知，獨不為名節計乎？」王曰：「貪婪第騰謗一時，文章足增重千古。吾自信文名必可傳世，迨百年後，譏評久息而著作常存，吾之令聞廣譽固無恙也。既取快於一時，仍無損於千古，計烏有得於此者。」

梁山舟家世品學冠絕時流，即書法亦並世宗仰。顧有紫標黃榜之癖，嘗以阿堵故，受生平未受之辱。先是，謝少宰墉，捐館於京師，諸子均在籍，唯第三子視含斂，遺資萬五千金，平均分授五子。均寄存山舟處，隨時付給，以其名高望碩為可恃也。詎後於其第四子應分之數，竟屢索不給，勢將乾沒。謝之長子恭銘，乃至批山舟之頰，登門坐索，詬詈萬端。當時致有「鍾王石刻中，多一老拳帖」之嘲（山舟工書，故云）。王固經生，梁則名士也。經生與名士，容亦互為風氣歟？今之名士，黷財者多，好色者少，蓋好色之風，亦已古矣。

龔定庵之子號半倫

仁和龔定庵，嘗詈其叔不通，父僅半通。子孝栱，初名公襄，屢更名曰刷刺，曰橙，曰太息，曰小定，昌匏，晚號半倫，自言無君臣、父子、夫婦、昆弟、朋友，而尚愛一妾，故曰半倫也。以父為半通者，宜其有半倫之子矣。

古人命名猥怪可笑

古人命名猥怪可笑者，見於載籍，指不勝僂，略記如左。

《左傳》：衛有史狗，鄭有堵狗。《史記》：韓有公子蟣虱。《漢書・古今人表中》中，有司馬狗。（師古曰：「衛宣公臣也，見魯連子」）又下上有榮駕鵝（師古曰：「駕音加」）。又酈食其子名疥，梁冀子名胡狗，魏元叉本名夜叉，弟羅本名羅剎，北齊有顏惡頭，南唐有馮見鬼。《宋史》：劉繼元子名三豬，遼皇族西郡王名驢糞。《金史・海陵紀》有刑部郎中海狗；《宣宗紀》有李瘸驢，唐括狗兒；《哀宗紀》有完顏豬兒；又兀朮之孫名羊蹄，胡沙虎之子名豬糞，封濮王；《忠義傳》有郭蝦蟆。又紇石烈豬狗，見《西夏傳》；耶律赤狗兒，見《盧彥倫傳》。《元史》有郭狗狗，石抹狗狗，寧豬狗。又伯答沙次子名潑皮，皇慶中有駙馬醜漢，江浙行省黑驢。

「朝朝寒食，夜夜元宵」另有他意

俗諺「朝朝寒食，夜夜元宵」，以為巨室富家，歌舞酣嬉景象。自海澨罔通，滬濱繁華，行院霧合，垂鞭側帽，揮金易而點石難。於是乎有所謂「朝朝除夕，夜夜元宵」者，謂夫豪竹哀絲，玉鐘彩袖，無夕不然。而實則債主雁行，債臺高築，亦五日不然。只此二語，形容盡致。彼紈絝少年，流連忘返，悍然不顧者，未見其苦樂均也。

男子美髯

歐洲風俗與吾中國迥殊，婦子及歲，率以己意相攸，對於男子美髯者輒欣屬焉。吾中國古時亦有以鬚為美者。《晉書・桓溫傳》：「眼如紫石棱，鬚作蝟毛磔，尚南康公主。」是尚主時已有髯也。（按：古人鬚不經剃，未弱冠即已有鬚，金壘子，晉王彪之年二十，鬚鬢皓白，時人謂之王白鬚。《漢書・昌邑哀王傳》云：「故王年二十六七，為人青黑色，小目，鼻末銳卑，少鬚眉。」蓋以少鬚為病）宋山陰公主夜就褚淵，淵不敢從。公主曰：「褚公鬚髯如戟，何無丈夫氣。」是公主愛其有鬚也。唐武后時，朱敬則上疏曰：「近聞尚食柳模，自言子良賓，潔白美鬚眉，堪充宸御。」是鬚眉之好者，可進御於武后也。按：《釋名》：「口上曰髭，髭姿也，為姿容之美也。頤下曰鬚，鬚秀也，物成乃秀，人成而鬚生也。」髭須有美秀之訓，由來歸矣。

鑄銅像之用意

鑄銅像以旌功績，或志哀慕，亦歐俗也，吾中國古亦有之。《山堂肆考》：「翁仲姓阮，身長一丈二尺，秦始皇併天下，使翁仲將兵守臨洮，聲振匈奴，秦人以為瑞。翁仲死，遂鑄銅像，置咸陽司馬門外。」《北史》：「魏崔挺除光州刺史，威恩並著，風化大行，後為司馬。景明四年卒。光州故吏，聞挺凶問，莫不悲感，共鑄八尺銅像於城東廣固寺，赴八關齋追冥福。」翁像近於旌功績，而崔像則志哀慕也。《棗林雜俎》云：「蒲州田千秋，好學善擊劍，嘗鑄銅像，鐫己名氏葬之。語人曰：『使千百年已後人得之，即神仙也。』」此則自鑄己像，且藏之幽壤，非置之通衢也。

婦人生鬚

前話記婦人生鬚事，茲又得二事。趙崇絢《雞肋》：「唐李光弼母有鬚數十莖，長五寸許，封韓國太夫人。」《偃曝談餘》：「鄭陽一婦人美色，生鬚三綹，約數十莖，長可數寸許，人目為鬚娘」云。

男人生子

前話記男子生子事，茲又得二事。《庚已編》曰：「齊門臨殿寺，一僧年少美姿容，痛死，其師建齋會眾荼毗之。忽爆響腹開，中有一胞，胞內一小兒長數寸而目、眉、髮俱備。」又嘉靖四年乙酉正月，吳縣民孔方腹痛，谷道出血，產下一胞。妻沈氏割開，有一男長一尺，髮長二寸許，五官俱全。

年羹堯積威震主

相傳年大將軍（羹堯）盛時，威重不可一世，事無大小，令出惟行。一日大雪，肩輿出府，材官輩以手攀轅而行，手背雪積寸許。將軍憫焉，下令曰：「去手。」材官誤會意旨，竟各引佩刀，自斷其腕。將軍亟訶止之，則已筋骨摧殘，雪為之赤矣。其積威之勢，一至於此，欲不蹈震主之危得乎？

冬兒、楚蘭皆劉東平故姬

《棗林雜俎》云：

良鄉妓冬兒善南曲，入外戚左都督田宏遇家。宏遇卒，都督劉澤清購得之，以教諸少四十餘人，其最姝麗者登兒也。甲申，澤清欲偵二王存否，冬兒請自往田氏探之，遂男飾而北。知二王已絕，遂南。澤清鎮淮安，書佐某無罪殺之，收其妻。澤清降北朝，攝政王贈宮女三人，皆嘗御者，澤清不辭而嬖之。亡何，內一人告變，攝政王錄其家，及所奪書佐之婦，澤清供書佐有罪，故殺之。婦明其非罪，且云：「澤清私居冠角巾，謂事若迫，不如反耳。」澤清誅，冬兒下刑部，尚書湯□□（原缺二字）嘗飲澤清所，出侑酒，故識冬兒。因曰：「爾非劉家人。」遂免籍，更嫁吳駿公，作〈臨淮老妓行〉：「臨淮將軍擅開府，不鬥身強鬥歌舞。」

云云。按：詩見《吳梅村集》，字句與談氏所錄小異。吳翌鳳注引尤侗《宮閨小名錄》云：「冬兒，劉東平歌妓。吳梅村作〈臨淮老妓行〉。」又引陳維崧《婦人集》云：「臨淮老妓，某戚畹府中淨持也，後為東平侯家女教師，其事實弗能詳也。」亦不言嫁梅村。《茶餘客話》云：

壬癸間，淮妓姜楚蘭色藝傾一時。有吳生者，善鼓琴，無志仕進，摒棄人事，嗜飲酒，家日益困。蘭一見稱賞音，每至輒沽酒盡歡。金盡，典衣釵以繼。會劉澤清開藩於淮，有以蘭名聞者，吳生莫知所為。蘭曰：「小別耳，毋恨。」遂入後堂，歌曲奏藝，擅專房之寵。劉雖武人，亦知愛文墨，聚書籍，園亭花木水石，窮極幽勝。而牙籤錦軸，插架連牆。以蘭容辭閒雅，有林下風，令典清秘之藏。吳生待之，杳無消息，侯門深海，自分蕭郎。一日，澤清率師渡河，幕府空虛，蘭捲席珠玉玩好及奇書名畫，挾數婢妾泛舟射陽，以簡密招吳生，往還海曲，遊寓浙西數年。事定返淮，伉儷終身，家以素封。

冬兒、楚蘭皆東平故姬，皆得事雅流，幸矣。所事皆吳姓，亦奇。楚蘭濡潤於東平，何其甚似近日名妓之所為也。而能預知東平必敗，其識鑒非錄錄者比矣。

二毛

漢毛亨作《詩訓詁》，以授毛萇，作《小序》，故曰《毛詩》。世稱亨為大毛公，萇為小毛公。清時亦有二毛，蕭山毛大可（奇齡）與兄萬並知名，人呼萬為大毛子，大可為小毛子。《施愚山集》有《毛子傳》。

愛花、愛葉與愛草

中國人愛花，泰西人愛葉，往往層樓傑閣，萬綠環之，謂綠色於目為宜，資裨益也。近人某說部云：「錢塘蔡木龕布衣，居於武林門內之斜橋，性愛草，沿牆上階，一碧無隙；湘簾棐几間，盆盎羅列，皆草也。凡草經其栽植灌溉，輒芊綿娟蒨，迥殊凡品。有翠雲草，尤所珍惜。」亦嗜好之特別者。朱柏廬《四時讀書樂》句云：「綠滿窗前草不除。」第不除云爾，非所好在是也。

王顯祚贈朱彝尊玉碗

康熙間，山西布政使王顯祚，風雅好客，尤愛重朱竹垞。一日宴竹垞，出玉碗為飲器。蓋曾藏晉恭王邸者。碗高五寸，深四寸七分，徑七寸許，瑩潔逾羊脂，昔人所稱一捧雪，弗逮也。綴黃點數十如金粟，相映益璀璨。竹垞需醉，持碗幾墜地，每缶一釂，碗輒觸案有聲。它座客相顧色動，或移置王前。王笑曰：「何見之小也？碗信珍秘，與其完於它人手，何如碎於竹垞乎？」先是，某巨公願以千金易之，王弗許。至是，遂以贈竹垞，並諭庖丁，月致佳釀二甕焉。此事若在竹垞未試鴻博已前，則尤可傳，弗可考。

明萬卷堂藏書極富

明鎮國中尉朱睦㮮，字灌甫，鎮平王諸孫（隆、萬間人），世稱西亭先生，有《萬卷堂書目》（見貝簡香《千墨庵精鈔七家書目》），搜羅閎富。按：《明外史・諸王傳》：「睦㮮家故饒，逐十一利，資益大起，因訪購圖籍。當時藏書之富，推江都葛氏、章丘李氏、睦㮮不惜高訾致之。」據此，則萬卷堂博極群書，得力於貨殖者深矣。

藏書終又散佚

藏書家族姓，多有敗德佹行，不恤摧殘雅道者。錢遵王（曾），牧齋從孫之子也。編《也是園述古堂書目》，多藏宋元版書，鑒別不在牧翁下。牧翁逝世，族中亡賴，烏合百人，託言牧翁舊有所負，喧哄於堂。迫柳夫人畢命，遵王實為之魁率。《荊駝逸史》載此事綦詳。葉林宗（奕），石君（樹廉）從兄也。愛《日精廬藏書志》，孫覿大全集，葉石君跋。此書為從兄林宗借去，幾十年矣。乙巳之春，林宗卒，為之整書，始得檢歸。《皕宋樓藏書志》，沈下賢集，葉石君跋。崇禎戊寅，得《沈亞之集》，為林宗幹沒。近來林宗物故，書籍星散，宋、元刻本，盡廢於狂童敗婦之手。予生平不欺其心，自信書籍必不若林宗死後之慘」云云。張子謙（承渙），月霄（金吾）之從子也。月霄《言舊錄》：「道光六年七月二十九日，從子承渙取《愛日精廬藏書》十萬四千卷去，償債也。憶渙為予作《詒經堂銘》曰：「『達士曠懷，豈計長久，空諸一切，詒於何有。』不竟成此舉之讖耶。」先是，承渙屢以資假月霄，蓋預為要脅奪攘計。至是遂罄其所藏，捆載以去，月霄浩歎而已。之三人者，何嘗不好古操雅，顧其所為，詎士君子所忍出耶。

《汲古閣刻板存亡考》：「相傳毛子晉有一孫，性嗜茗飲，購得洞庭山碧蘿春茶，虞山玉蟹泉水，患無美薪，因顧《四唐人集》板而歎曰：「『以此作薪，其味當倍佳也。』遂按日劈燒之。」此舉誠奇特，然而視彼三人為猶愈矣。鄞縣范氏天一閣藏書，自明迄今，垂三百年，未經散佚。今春被人盜出數千本，售於滬上坊肆六藝書局、來青閣兩家，價僅數百金耳。其中宋、元本無多（余僅得見宋小字本《歐陽文忠集》、元本《朱淑真詩集》），明初精抄，居十之八九，如明太祖、成祖《實錄》之類，皆有關係不經見之書。頃之，為舶販金頌清者一人所得，價則騰至舒鳧萬翼，以不分售故，乃至一鱗片甲，靡有孑遺。俄范氏後裔某，來滬訴訟。簽符甫下，雷厲風行。未幾，不知若何媾解，其事遽寢，書則穩度東瀛，永無歸國之期矣。惜哉！

唱酬雅事

康熙間，太倉吳元朗（暻，梅村子，有《西齋集》），海寧查聲山（升，有《澹遠堂集》），仁和湯西崖（右曾，有《懷清堂集》），為戊辰進士同年，並負詩名，同官京師，恒唱酬竟日夕。某夕，社集聲山寓齋。時值初春，天寒雪甚，因下榻焉。漏已三商，聲山、西崖同榻先寢，元朗推敲未已，聲山戲於枕上屬對云：「孤吟午夜，文章有性命之憂。」元朗應聲云：「雙宿春宵，朋友得夫妻之樂。」聲山聞之，戲拍西崖肩云：「湯婆子，吾儕速睡休，勿令若人攪清夢也。」三人皆為之軒渠。

名士與名妓

東南為鶯花藪澤，於明清之間，復社之流風未沫，士夫知重氣節，即行院亦留意風雅。其出類拔萃者，恒欲附託名流以自增重。以視今之名妓，所為容悅，不出薰香傅粉輕身便體之浮薄少年，乃至辱身非類，而亦悍然勿恤。其智識相遠，奚翅萬萬。柳如是嘗之松江，以刺投陳臥子。陳性嚴厲，且視其名帖自稱女弟子，意滋不悅，遂不之答。柳恚甚，洎遇錢牧翁，乃昌言曰：「天下唯虞山學士始可言才，我非才如學士者不嫁。」牧翁聞之大喜曰：「天下有憐才如此女子者乎？我亦非如柳姬者不娶。」

又夏麗貞，珠湖伎，有殊色，工翰札，與諸貴人唱酬，意無所屬。崇禎癸酉，閻古古相遇於水閣，拈花分韻，遂定盟焉。別既久，夏以手書及詩寄古古促其來。時以身世飄零，中原多故，答書中止，麗貞怨不自勝。夫陳、閻當日，必非慘綠翩翩矣。即錢亦發如柳之膚，膚如柳之發。柳、夏皆明慧，萬不至誤用其情，其微尚所寄，詎尋常兒女子可與知耶。若夫李香君之委身侯公子，董小宛之傾心冒辟疆，則迥乎非其他少年之比矣。

忠敏不蓄姬侍

托活絡忠敏生平不蓄姬侍。督兩江日，夫人至自京師，攜垂髫婢二，聞將出京時，物色得之者，意在屬之抱衾之列，忠敏略不措意。未幾，其一以贈觀察任某，其一贈某京卿，辭焉，則以儷某材官。蓋忠敏於金石書畫而外，絕無它嗜好也。唯觀察者殊龍鍾，尤非能惜玉憐香者（按：錢牧翁有「惜玉憐香」小印，為河東君作）。小紅之贈，未經倅色揣稱，讀玉茗堂「姹紫嫣紅」一曲，不能無慼。

新婚酬唱功力悉敵

宛平查蓮坡（為仁）夫人金氏，名至元，字載振，一字含英，山陰人，有《芸書閣剩稿》（附《蔗塘外集》後，鍥板絕精），太半閨房唱酬之作。趙秋谷為之序，稱其清麗孤秀，無綠窗綺靡之習。當其結縭伊始，蓮坡賦〈催妝詩〉云：

其一

十年香靄攬情塵，留得霜華百煉身。
此夕星光盈錦幄，向來春色阻花晨。
誰言蔗境甘無比，久識蓮心苦有因。
差喜高堂稱具慶，鹿門偕隱莫辭貧。

其二

紅燭雙行照玳筵，鳳簫吹徹下瑤天。
璧存敢詡連城貴，珠在還欣合浦圓。
賦就桃夭期覺後，迎來鵲駕路爭先。

夢中欲乞生花筆，待寫春山滿鏡妍。

夫人和原韻云：

其一

句好如仙絕點塵，青蓮原是謫來身。
詩傳彩筆歌偕老，籍記丹臺署侍晨（《松陵集》：「執蓋侍晨，仙官貴侶」）。
四照花開融瑞色，九微燈颭締良因。
牽蘿補屋休嫌陋，得貯珠璣敢道貧。

其二

百和香濃結綺筵，雲璈如奏大羅天。
龍泉那肯豐城掩，冰彩依然桂殿圓。
此日授綏休論晚，它時委畚計當先。
試看歐碧鞓紅種，留取春光分外妍。

錦字聯吟，功力悉敵，誠玉台佳話也。

秦良玉納男妾辨

《棗林雜俎》云：「山陰朱燮元總督雲、貴、川、廣，砫宣撫司女土官秦良玉，雅度侃議，傔從俱美少年，朱公子壽宜訪之，酒間微諷。良玉笑引南宋山陰公主『陛下後宮百數，妾唯駙馬一人』云云以答。」一蕙風按：此說誣也。竹垞《詩話野紀》亦謂良玉有男妾數十人，夔州李長祥力辯其誣，謂川撫嘗遣陸錦州遜之，按行諸營，良玉冠帶飾佩刀出見，設禮，酒數行，論兵事，遜之誤曳其袖，良玉引佩刀亟斷之，其嚴肅若是。程烏董祝有〈詠良玉〉詩曰：「追奔一點繡紅旗，夜響刀環匹馬馳。製得鐃歌新樂府，姓中肯入玉臺詩。」良玉手握兵符，儼然專閫，誠如《雜俎》、《野紀》所云，則令不肅而氣且靡，何能捍賊立功乎！無論樽俎宴談之間，對於向少晉接之人，而為猥褻不經之語，良玉亦奇女子，斷乎不至如是。矧遐方閨秀，雖有出類拔萃之才，亦決不能諳悉史事，至於倉卒之間，輒能舉似山陰公主之言也。竹垞時代，距良玉已遠，《野紀》云云，殆沿明人記載之訛耳。

清代官吏笑話

相傳康熙時一老侍衛，值乾清門三十年，俄外簡荊州將軍，舉室慶忭。某獨愀然，繼之以泣。或怪而問之，則曰：「荊州形勝之地，為敵國所必爭，智勇如關瑪法（按：瑪法者，清語貴神之稱）尚不能守，我何人斯，而得免於東吳之手乎？」親友為之解釋勸慰，某固執成見，弗之悟也。乾隆末，福文襄征廓爾喀時，有刑部滿郎中某，以阿文成薦擢召見。上問福康安、海蘭察二人外間聲名如何。某應聲曰：「外間咸服二人將略，以比羅成、尉遲恭也。」上笑遣之出。文成悔之，告於人曰：「老夫以某相貌豐偉，故登薦牘，孰意為熟諳小說人也。」人傳為笑柄云。此二事絕相類。

咸豐季年，石達開竄四川，滿御史某上言：「川南瀘州一帶，必須嚴重設防，恐賊眾渡瀘，勾結諸蠻洞，聯絡一氣，稱兵內向，則為患不堪設想。今日安得七擒七縱之才如諸葛亮者，而征服之。」云云。此奏亦流傳為笑柄。曩閱某說部云：「滿人初入關，得《三國志演義》，奉為韜鈐秘笈，故有滿漢合璧絕精刻本，當時凡識字之滿人，殆無不熟讀是書，乃至錮蔽如某侍衛，猶無足異。」不圖二百數十年後，聲明文物，同化已久，猶有中《演義》之毒如某御史其人者，則誠匪夷所思矣。

清初士子不識題解

咸豐已未朝考論題「二子之心，非夫子孰能知之」。見《論語》〈不念舊惡章〉程子注。當時以不知題解，失翰林者夥矣。有清二百數十年，士子以《四書》藝進身，然不讀朱注者有之，讀外注者，百無一二焉。即如「二國之俗，唯夫子為能變之」，見《論語》〈齊一變章〉程子注，倘以命題，大約知者亦廑。雖句中有「變」字，較易觸悟，而殿廷考試，決無攜帶《四書》者。即亦何從翻閱，而證其必是耶。它如「天下無不是底父母」，見《孟子》〈天下大悅章〉李氏注。「膝下」，見〈小弁章〉趙氏注。「膠柱調瑟」，見〈任人章〉外注（按：膠柱調瑟常語「調」作「鼓」，亦猶《莊子》注，對牛鼓簧，常語「鼓簧」作「彈琴」。語之有本而小變者也）。「不相干」，見《論語》〈如有博施於民章〉程子注。皆習見常語，倘問出處安在，亦未必能舉注以對也。

《孟子》「外國」疑即日本

《孟子》〈仁也者人也章〉外注：「或曰，外國本『人也』之下，有『義也者宜也，禮也者履也，智也者知也，信也者實也』，凡二十字。」按：所云外國，疑即日本。日本自唐時通中國，繼此賫書之使，絡繹於道途。彼國經籍刊本，容亦有流傳中士者。而其初祖，或屬秦燔已前古本，亦未可知，而宋人遂據以入注耳。它日當訪求和文《孟子》印證之。

再記婦人生鬚

婦人生鬚，前筆兩見，茲又得三事：宏治六年某月，應山人張本華婦崔氏，生鬚長三寸許（見《明孝宗實錄》）。又嘉靖癸丑，青浦⿺鬼重⿺鬼因鎮（按：⿺鬼重⿺鬼因二字，各字書所無，不可識，此鎮名絕奇。編者按：⿺鬼重，鴞的別名。《本草綱目・禽部・鴞》：「時珍曰：⿺鬼重，字韻書無考，當作訇擁切。⿺鬼重魂，流離，言其不詳也。」（魍音未詳），有婦人忽生髭鬚，時縣差以事攝其夫，從壁間窺之，以為男也。夫亦無獲，攜婦以歸，邑市聚觀甚眾，明年遂有倭變（見《青浦縣誌》）。又萬曆二十一年，嘉興包彥平館華亭佘塘宋氏，其鄰有婦人，鬚長五六寸，二十餘莖，時年六十，自三十三歲始生鬚，拔去仍出，至五十歲而止（見《包彥平集》）。

限韻嵌字詩

七律限溪、西、雞、齊、啼五韻，中嵌一、二、三、四、五、六、七、八、九、十、百，千、萬、丈、尺諸字，《眉廬叢話》所載夥矣。惜諸作或未盡妥帖穩成，茲又得一首，為春明詩社冠軍之作，題為〈閨怨〉。詩云：

六曲圍屏九曲溪，尺書五夜寄遼西。
銀河七夕秋填鵲，玉枕三更冷聽雞。

道路十千腸欲斷，年華二八髮初齊。
情波萬丈心如一，四月山深百舌啼。

清詞麗句，妙造自然，允推合作。

汪容甫與《金石索》

近人某氏筆記有云：「阮文達撰《金石索》，囑汪容甫輩助之搜羅。一日，汪以片石進，古色斑連，隱約似有款識，篆勢奇古。文達問所自來，汪曰：『是即公所訪求之某石器也。吾竭數月之力，僅乃得此，雖殘破，價兼金矣。』文達審諦久之，曰：『良是。』竟償容甫巨貲，而據以入《金石索》。它日，容甫又問：『曩為公訪獲之某石器佳否？』文達曰：『良佳。』容甫曰：『公曷更往求之？』因相約同詣濱河某茶肆，指臨流亂石問文達：『視曩石器奚若？』文達注視有頃，愕然曰：『奈何戲我？』容甫笑曰：『庸何傷，留為金石一噱耳。』文達喻其旨，復厚饋容甫，囑秘勿宣焉。」

蕙風按：今通行之《金石索》，南通州馮雲鵬撰。阮文達亦有《金石索》，未之前聞，某筆記云云，殆未必可信耶。容甫本寒素（《廣陵詩事》：「江都汪明經中，幼年孤貧，家無書籍，於書肆中借閱，過目能記。既而販賣書籍，且販且誦，遂博覽古今文史」），父舸，字可舟，亦工詩，生平坎坷特甚（《廣陵詩事》：「可舟性不諧物，偃蹇貧病，杭堇浦與沈沃田書，盛稱其《和丁隱君貝葉經歌》、《長春觀老子像絕句》，有《嶥峿山人集》八卷」）。容甫中年已還，處境頗豐，力能收藏金石，羅致賓客。馬氏小玲瓏山館或曰後歸汪雪礓本，或曰歸容甫，且增飾崇麗焉。漢射陽畫像石刻，亦以貲致之。蓋遭遇承平，風雅未墜，寒士謀生，未若今日之困難，而其接物涉世，殆亦圓通於名父多矣。

顧大腳

《板橋雜記》：「顧喜，一名小喜，性情豪爽，體態豐華，趺不纖妍，人稱為顧大腳，又謂之肉屏風。然其邁往不屑之韻、凌霄拔俗之姿，則非籬壁間物也。漢武帝〈悼李夫人賦〉有云：『佳俠含光。』余題四字顏其室。」云云。當時纖足之風盛行，不圖杜杷門巷，猶有參玉版禪者，則亦不纏足之雅故矣。

木版墓誌與磚書墓誌

托活絡忠敏《匋齋藏石記》中，有非石刻二種：一北齊高僑為妻王江妃造木版，墨蹟，字猶朗晰，唯背面稍模黏。一〈唐麗山府果毅都尉梁君妻李氏墓誌〉磚，朱漆書，未經鐫刻，凡五百九十七字，模黏才僅九字。木版於高僑妻歿，乃曰：「為戒師等所使，與佛取花。」蓋佞佛已甚者。下云：「書者觀世音，讀者維摩大士。」語尤荒誕不經，殆其他石刻所未有。

落英，必非花之墜落者

《楚辭》：「夕餐秋菊之落英。」後人或駁其非誼，謂菊花雖殘不落。宋羅大經《鶴林玉露》云：「落，始也。」（按：《爾雅・釋詁》：「俶落權輿，始也。」）如《詩・訪落》之落，謂始英也。據此，則屈自不誤。後人誤會為墜落之落耳。又芙蓉雖落不散漫，蓋秋花稟貞肅之氣，非春花可同日語矣（按：宋閨秀朱淑真〈菊花詩〉：「寧可抱香枝上死，不隨黃葉舞秋風。」亦謂其雖殘不落）。

又宋姚寬《西溪叢語》引《宋書・符瑞志》云：「英，葉也。《離騷》『餐落英』，言其食秋菊之葉也。」按：《神農本草》：「菊三月上寅採葉，名曰玉英。」是英亦謂葉也。《唐韻》：「葉亦謂之英，於良切，讀若央。」《毛詩本音》：「舜英、重英，俱葉央。」《離騷》「夕餐」句下云：「苟余情其信姱誇以練要兮，長顑頷以何傷。」政與央葉（按：《九歌・雲中君》：「浴蘭湯兮沐芳華，采衣兮若英，靈連蜷兮既留，爛昭昭兮未央。」華，花也；英，葉也。下與央葉，是亦一證。）《符瑞志》云云似較羅說為優。總而言之，必非花之墜落者。今人以麥屑裹菊嫩葉，和以鹽豉，入沸油煎極脆而食之。每年重陽前後，宴席間多具此品。

趙王夢遇神女

《史記・趙世家》：「武靈王十六年，王遊大陵。它日，王夢見處女，鼓琴而歌詩曰：『美人熒熒兮，顏若苕之榮。命乎命乎，曾無我嬴。』異日，王飲酒樂，數言所夢。「想見其狀，與楚襄王遊雲夢之浦，夢與神女遇，以白宋玉事絕類。

王靈智學射

《太平廣記》：「隋末有督君謨者，善閉目而射，志其目則中目，志其口則中口。有王靈智者，學射於謨，以為曲盡其妙，欲射殺謨，獨擅其美。謨執一短刀，箭來輒截之，唯最後一矢，謨張口承之，遂齧其鏑，笑謂王曰：『汝學射三年，吾未教汝齧鏃之法。』」此事與逢蒙殺羿絕類。

盼盼有二，鶯鶯有三

盼盼有二。《詞苑叢談》：「山谷過瀘，帥有官妓盼盼，帥嘗寵之，山谷戲以〈浣溪沙〉贈之云：『腳上鞋兒四寸羅，唇邊朱麝一櫻多。見人無語但回波。料得有心憐宋玉，低徊無奈楚襄何。今生有分向伊麼。』」此燕子樓外，別一盼盼。

鶯鶯有三。《隨隱漫錄》：「錢唐范十二郎有二女，為富室陸氏侍姬，長曰鶯鶯，次曰燕燕。」此雙文外別一鶯鶯。羅虬比〈紅兒〉詩：「何似前時李丞相，枉拋才力為鶯鶯。」此又一鶯鶯也。

李廷珪有二人

唐歙州李廷珪，父超，子承浩，以製墨世其家。見晁氏《墨經》。又李義山子，亦名廷珪，進士及第，以司勳員外郎知制誥，遷中書舍人，累遷尚書左丞。朱全忠兼四鎮，廷珪以官誥使汴，客將先見，諷其拜，廷珪佯不曉，曰：「吾何德，敢受令公拜。」及見，竟不肯加禮。見《懷慶府志》。

顧亭林有二人

顧亭林有二，見前筆。按：《居易錄》云：「顧野王讀書處，名顧亭林，在華亭，由來邈矣。康熙己未，薦舉博學鴻詞，亭林不肯赴試。常熟吳龍錫詩云：『到底不曾書鶴板，江南唯有顧圭年。』」亭林原名絳，見《明詩綜・詩話》。漁洋《感舊集》小傳，其一字圭年，則未見著錄，近人罕有知者。

「餘音繞樑」考

曩撰《蕙風簃隨筆》有云：「《列子・湯問篇》：『韓娥鬻歌雍門，既去而餘音繞樑欐，三日不絕。』（欐，或作麗。《莊子》：「梁欐可以沖城。」般敬順曰：「皁樑也」）今人但云「餘音繞樑」，不知下有「欐」字。某説部引之，謂繞樑為樂器之名，尤誤。今按《文選》張景陽《七命》：「音朗號鐘，韻清繞樑。」李善注引《尸子》曰：「繞樑之鳴，許史鼓之，非不樂也。」則但雲繞樑，亦自有本，前筆未審，應訂正之（按：許、史二氏，皆漢貴戚，此許史，則善鼓琴者，猶秦之蕭史）。

疊字為號

余⿱本品（《玉篇》：「古文本字」）字生生（號鈍庵，四川青神人，有《增益軒草》），閻爾梅號古古（字調鼎，江南沛縣人，有《白耷山人》《汧罝草堂》等集），以疊字為字型大小，此外殆不多見。

孫扶桑仿駢儷為制藝

常熟孫扶桑（曙）為諸生時，好仿駢儷為制藝，所選《丁亥房書》名曰「了閒」，大率妃黃孋白、薰香掬豔之作，家弦戶誦，風氣為之一變。會滿大臣某彈駁文體，乃與進士胥廷清等同被逮，扶桑緣是褫衿，後更名承恩。順治戊戌，以第一人及第。《了閒》首篇，〈學而寸習之全章〉題文，雖署名它氏，實扶桑自作，講首云：「且自芸吹擷古之香，杜隕求聲之草，桂殘招隱之花。」以此三句，括全題三節（見《柳南隨筆》）。惜其全篇，不可得見矣。曩讀王農山（廣心）〈莫春者至詠而歸〉題文「鄭人芍藥，欒此姬薑。嬲女柔桑，言思公子」等句，掞藻摛華，其「了閒」之嗃引歟。

梁、祝皆化蝴

《常昭合志稿·物產志》：「蟲豸之屬曰蝴。」注云：「大而具五色者，俗呼梁山伯。曰蜻蜓，」

注云：「黑而小者，俗名為祝英台，即北方之黑琉璃。」按：《山堂肆考》：「俗傳大蝶必成雙，乃梁山伯、祝英台之魂，又曰韓憑夫婦之魂。」《四明志》：「吳中有蝴蝶，橘蠹所化也。婦孺以梁山伯、祝英台呼之。」今土人呼黑而有縹彩者曰梁山伯，純黃色者曰祝英台。是謂梁，祝皆化蜨也。《常昭志》以蝶與蜻蜓分隸梁、祝，與舊說異，不知所本。

人面鳥

又《祥異志》引《虞山雜記》云：「順治三年正月，吳中有人面鳥，鳴如鼓鐘，或如牛聲，在蘆葦中，各縣皆然。」注云：「按：光緒壬辰，都城亦有此異，故記之。天津人呼為土牯牛。」蕙風按：都門南下窪，煙水空闊，蘆葦彌望，壬辰春夏間，有異聲略如牛鳴，每江亭宴集，輒聞之（陶然亭，一名江亭）。人皆云在水中，或欲竭澤窮跡之，不云在蘆葦中。亦無知人面鳥、土牯牛之名者（市井人妄繪其形，名之曰大老妖）。

午門有秘戲圖

北京午門，門洞凡五，外向者中三門正開，兩邊兩門側開。內向者五門皆正北開，其內向東第二門口石階上，有舊刻仿秘戲圖，大徑二寸強，著筆不多，殊栩栩饒畫意。此必守門將士粗諳繪事者，以錐刀劃成。往來蹴蹋，漸就夷漫，當是明季人所為，亦三百年外陳跡矣。

以字形名面孔

宋人《貴耳錄》載孝宗朝有川知州某，當陛辭，預結宦者求為地。宦者密奏：「明日有川知州上殿，官家莫要笑。」上問何故，曰：「其人素被口號，有『裹上樸頭西字臉』之稱，蓋面方橫闊故也：」明日上殿，方陳奏間，上便大笑不已。其人退謂人：「天顏今日大悅，深自慶幸。」宦者遂因以為功。雍正時，有江位初者，面長方而黧黑，棱層板折，人呼為「舊」字面孔。凡識江面者，每開卷遇「舊」字，無不失笑。此皆以字形容人之面貌也。

又有以字形肖人全體者，清制：大挑舉人，相傳以同、田、貫、日、身，甲、氣、由八字為衡，「同」方長，「田」方短，「貫」頭大身直長，「日」肥瘦長短適中而端直，皆中選。「身」體斜不正，「甲」頭大身小，「氣」單肩高聳，「由」頭小身大，皆不中選（按：每屆大挑，欽派王大臣在內閣舉行，每二十人為一班。既序立，先唱三人名，蓋用知縣者，三人者出。繼唱八人名，乃不用者。俗謂之八仙，亦皆出。其餘九人不唱名，皆以教職用，自出，更一班進）。

尚書與庶子

康熙辛未，奉旨開局專修《尚書》。華亭王司空頊齡為總裁，纂協修皆特簡、一時薈萃名流，支給官物，按卷進呈。夏秋則封達熱河行在，東華珥筆，中禁蜚聲，稽古之榮，不可一世。唯《尚書》卷帙無多，竣事易而撤局速。又司空頗蓄姬侍，皆有所出，平日堅持雅操，雖洊躋清要，而宦橐顧不甚豐。

其長君圖炳，官春坊庶子，恒以分產不給為憂。或戲為撰聯云：「尚書只恨《尚書》少，庶子惟嫌庶子多。」巧對天然，事實吻合。

「沒甚不好意思」

康、雍間，蘇州有張氏者，其先富甲一郡，繼而子孫多占仕籍，其富遂衰。一人獨矜有秘術，富轉增益，舉族求其術不已，則大言曰：「若曹宴九賓，陳百劇，吾當授方略。」眾如言畢飧，揖某就座說法。眾環立屏息拱聽，則曰：「吾術只六字訣耳：沒甚不好意思。」眾哄然散，既而思之，實無以易也。

惱煞老父東江

太倉唐實君考功（孫華），別號東江，最愛其次子頤。康熙戊子省試，東江屬望綦殷，而頤以違式不終場，遂逗繞白門不敢歸。有吳孝廉樞者調之曰：「前有項王，後有唐郎。一個百戰無功，羞見江東父老；一個三場不利，惱煞老父東江。」語末四字，迴文巧合，可謂善戲謔兮。

年羹堯敗家之兆

雍正乙巳十月初三日申時，京師忽有虎突入齊化門，登城，人噪逐之。行至宣武門下西米巷，入年遐齡家就擒。遐齡，太保大將軍羹堯之父也。其後羹堯以驕蹇敗，賜死之地，即虎就擒之地，此其先兆也。又年大將軍賜第在宣武門內右隅，其額書「邦家之光」。及年驕汰日甚，有識之士過其第哂曰：「可改書『敗家之尤』。」蓋以字形相似也。未幾，年果僨事。

趙秋谷恃才輕薄

趙秋谷以丁卯國喪，赴洪昉思寓觀劇，被黃給事疏劾落職。相傳黃給事家豪富，欲附名流。初入京，以土物並詩稿，遍贈諸名下。至秋谷，時方與同館為馬弔之戲。適家人持黃刺至，秋谷戲云：「土物拜登，大稿璧謝。」家人不悟，遂書柬以覆。秋谷被劾後，始知家人之誤也。見阮吾山《茶餘客話》，謂「大稿璧謝」云云，屬秋谷戲言，家人誤會，非秋谷本意也。

按：洪北江《詩話》：

康熙中葉，大僚中稱詩者，王、宋齊名，宋開府江南，遂有「漁洋綿津」合刻。相傳趙秋谷宮贊，罷官南遊過吳門，宋倒屣迎之，以合刻見貽。秋谷歸寓後，書一柬覆宋云：「謹登漁洋詩鈔，綿津詩謹璧。」宋銜之刺骨。秋谷恃才輕薄，雖經蹉跌，未嘗稍改悔，其對於黃給事也，猶之對於宋綿津也，而謂非其本意耶？吾山云云屬在氣類之雅，不惜曲說為之回護耳。

按《詩話》又云：「時王已為大司寇，宋以千金貽之，乞賦一詩，作王、宋齊名之證。王貽以一絕云：『尚書北闕霜侵鬢，開府江南雪滿頭。誰識朱顏兩年少，王揚州與宋黃州。』」蕙風曰：「綿津之風，亦已古矣。乃至今日，風雅何物，每斤直錢幾何，其孰以性命相切之千金，購一王宋齊名耶。」

捐納京外官

雍正朝，平湖陸侍郎清獻（乾隆元年，追贈內閣學士兼禮部侍郎），由靈壽知縣，徵授四川道監察御史，累疏陳捐納事，牾觸津要放歸。疏中有云：「夫保舉者，保其清廉也。保舉而可捐，然則清廉亦可捐乎？」尤為破的之語（按：軍興已還，捐例愈推愈廣，凡捐納京外各官，當引見驗看前，必須繳捐免保舉銀兩，唯由正途加捐者得免。揆之事理，誠至不可通也）。

荊山之相，貴在醉時

康雍已還，承平日久，輦下簪裾，宴集無虛日。瓊筵羽觴，興會飆舉，凡豪於飲者，各有名號，雖諧談，亦雅故也。長洲顧俠君（嗣立）曰酒王，武進莊書田（楷）曰酒相，泰州繆湘芷（沅）曰酒將，揚州方覲文（覲）曰酒后（未留鬚），太倉曹亮疇（彝）曰酒孩兒（年最少）。五君之外如吳縣吳荊山（士玉）、侯官鄭魚門（任鑰）、惠安林象湖（之濬）、金壇王箬林（澍）、常熟蔣檀人（漣）、蔣愷思（泂）、漢陽孫遠亭（蘭蓀）皆不亞於將相。荊山尤方駕酒王，每裙屐之會，座有三數酒人，輒破甕如乾，罄爵無算，然醉後則群喧競作，弁側屨舞，形骸放浪，杯盤狼藉。唯荊山飲愈鬯愈惺，酬酢語默，不失常度，夷然灑然並無矜持抑制之跡。其閎量非同時儕輩所及，而欿然不以善飲之名自居。荊山一寒士，弱不勝衣，貌癯瘠無澤，而享盛名，躋右秩。昔人云：「魏元忠相貴在怒時，李嶠相貴在寐時。」荊山之相，必貴在醉時也。

「裙」考

裙本作帬。《說文》：「下裳也。」《類篇》作「裙」。《釋名》：「連接裙幅也。」《韻會》中：「裙，親身衣也。」《急就篇》注：「一作帔，一作襬，不專指婦女之裙。」半唐老人好雅謔，嘗曰：「裙屐之裙，當作裙作帬，屬男子言；釵帬之帬，當作帬，屬女子言。帬上從尹，篆文象帬腰帬帶形；下從巾，象帬幅曳垂；中從口，亦象形。」

清初科場檢查醜相

康熙庚子順天鄉試，特命十二貝子監外場，露索（搜檢也，見《大金國志》）綦嚴，朱竹垞之孫稻孫預試，披襟而前，鼓其腹曰：「此中大有夾帶，盍搜諸？」體貌瑰偉，意氣磊落。眾皆目屬，邸亦為之粲然。平定張殷齋（穆）少有奇士之目。道光己亥，由優貢應順天鄉試。入闈當搜檢如例（是年曾望顏為順天府尹，搜檢加嚴），則盡脫上下衣裸而立，王大臣無如何，檢其篋，得白酒一瓶，以為言，則立飲盡，碎其瓶。益忿怒，竟奏劾褫革。殷齋所為，視稻孫滋侮慢，未免令人難堪。仲尼不為已甚，其得禍也亦宜（按：光緒朝鄉會試概不搜檢，雖其例未廢，而並不實行，當自咸、同間始）。

以瓜為贄

王石谷初謁王煙客，以巨瓠四枚為贄。或議其薄，石谷笑曰：「昔侯芭載酒問奇字，我且不止一壺矣，何薄為？」（見《鄰蔬園偶筆》）張芑堂少時，曾受業於丁敬身。初及門，囊負南瓜二枚為贄，各重十餘斤，丁先生欣然受之，為烹瓜具飯焉（見《鷗陂漁活》）。瓜壺（瓠）雅故，無獨有偶。

朱祖謀艷詞

漚尹以所著《彊村詩餘》六卷囑為撰定，卷中豔詞絕少，唯〈南鄉子〉六首（粵東作）。其一云：

雲磴滑，霧花晞，西樵山上揀茶歸。山下行人偏借問，朦朧應，半晌臉潮紅不定。

語豔而味厚，得花間之遺，雖兩宋名家，鮮能辨此。

詠外國銀錢

外國銀錢，有肖像絕娟倩者，或曰自由神，亦有其國女王真像。蕙風得見友人所藏，有詞賦之，調〈醉翁操〉：

嬋媛，茗顏，蓬仙，渺何天。何年，如明鏡中驚鴻翩。月娥妝映蟾圓。凝佩環，典到故衫寒，得：楚腰掌擎幾番。泛槎怕到，博望愁邊。玉（去聲）容借問，風引神山夢斷。冠整花而端妍，鬟蟬雲而連蜷。東來蘭絮緣，西方榛苓篇。此豸秀娟娟，倩誰扶上輕影錢。

此調本琴曲，用蘇文忠譜（辛忠敏亦有一闋，字句與蘇詞小異）。文忠填詞，信不為宮律所縛，有時亦矜嚴特甚，即如此詞，固無一字不按腔合拍也。今四聲悉依之。

服伺內廷之苦

清時京朝各官以儤直內廷為榮，然亦有不勝其苦者，天顏咫尺，垂手伺立，久則氣血下注，十指欲腫。若派寫進呈書籍，終日伏案而坐，兩腳不得屈伸。康熙間，王宮詹圖炳直南書房有年，嘗奉命書《華嚴經》全部。出語人曰：「伺候時立得手痛，抄錄時寫得腳痛。此苦豈外廷所知聞。」聞者絕倒（光緒時，滇人繆素筠女史以繪事供奉慈寧宮，亦伺立時多，憩坐時少。繆因纖足，其苦尤甚。同時金閨諸彥，方豔羨其榮遇矣）。

兩目無珠與一身是膽

康熙辛卯，副憲左必蕃、編修趙晉典江南鄉試，左空洞而不識文字，趙知文而大通關節。吳人為之語曰：「左丘明兩目無珠，趙子龍一身是膽。」

為上司推銷明憲書

雍正丁未，曹亮疇權知浙江安吉州事。某年冬，藩司發下時憲書數百本，令散賣繳價。禮房吏慮其難銷，議弗受，擬稿詳覆，呈上判行，中有「皐州僻在山陬，從來不奉正朔」云云。亮疇大駭，呼入責之，猶爭云。此語有出處，此州書吏皆布衣赤腳，不敵它州之皂隸也。

起重機與留聲電話機之發明

明牛存喜，字汝吉，聰穎多藝能。天寧寺碑刻成，在階墀間，或命移置閣簷下。碑高與簷齊，眾皆難之，乃召存喜至。見役者數百人，紿曰：「眾餒乎？若第歸食。食後，與我會寺門下。」比眾至，存喜業與僧人數輩，以機法推挽閣下矣（見《河內縣誌。藝術傳》）。此即西洋起重機之嚆矢。

又袁簡齋《新齊諧》云：「江慎修（永）置一竹筒，中用頗黎為蓋，有鑰開之。開則向筒說數千言，言畢即閉。傳千里內，人開筒側耳，其音宛在，如面談也，過千里則音漸澌散不全。」其法在留聲機電話之間，惜未能精益求精而底於成耳。

填詞須分陰陽

偶得對聯云：「四時春夏秋冬，五聲平上去入。」平聲有陰陽平也。周九煙（星，後改姓黃，冠於本姓之上）云：「三仄應須分上去，兩平還要辨陰陽。」上去入亦分陰陽。凡填詞，須分陰陽平；若製曲，尤非四聲悉分陰陽不能入津（陰清聲，陽濁聲）。

張子信善解鳥語

《北齊書・方伎傳》：「張子信隱居白鹿山，少以醫術知名，又善易筮及風角之術。武衛奚永洛與子信對坐，有鵲鳴於庭樹，鬥而墜焉。子信曰：『鵲言不善。今夜有人喚，必不得往。雖敕，亦以病辭。』子信去。是夜，琅琊王五使切召永洛，且云敕喚。永洛欲起，其妻以子信言，若遮留之，稱墜馬腰折不堪動。詰朝難作，永洛乃免。」此公治長後，能通鳥語者。

神算

相傳明誠意伯臨歿時，以一篋密呈太祖，扃鐍甚固。屬貽繼體，丁至急乃可開。其後燕師迫近畿，建文將遜國，徊徨無策間，開其篋，得僧衣、戒刀、度牒，因易裝遁荒焉。王文簡《池北偶談》云：「鄭端清世子讓國，自稱道人，精邵康節之學。宮中有一櫝，手自緘鐍，歲輒易一封識，遺令遇急乃開。及其孫壽平值河北流寇之亂，發櫝得破衫五，一闊大，四稍窄小。王軀幹偉碩，其弟四人則短小也。遂衣而逃，得免於難。」與誠意伯事絕類。

曾勉士築臺及用炮之法

南海曾勉士先生（釗）湛深經術，博稽古籍，粵人治漢學者未能或之先也。著《面城樓集》十卷。集中之文核證典禮，辨訂經傳，深微奧衍。其諸書後跋尾，亦考據精確，無空騁議論之詞。生平抱用世志，治經外，農田水利，戰守兵法，無不研究。道光辛丑、壬寅間，海氛孔棘。制府高平祁公檄令修碉築壩，募勇團守，旋已議款，敵兵不至，而所支帑不能報銷者，至三十二萬餘金，傾家不償，坐此免官。藏書數萬卷，並質於人。徐鐵孫觀察，由浙中寄詩懷之，有「誤人豈有陰符書」之句，蓋傷之也。其〈答翟茂堂都司書〉詳言蚺蛇山炮臺，當日建築防堵情形，瞭若指掌。書長難於具錄，茲節錄其所言築臺用炮之法如左云：

向來臺形，或圓或橢或方，其炮路皆散而不聚，足以破賊舟，而不足以洞敵艦。釗乃創為之字形，使臺曲如蚓縈。敵艦出山足，則第一、第二、第三、第四、第五及第二十五、二十六、二十七、二十八之炮，集擊船頭為正，其第二十九、第三十、第三十一之炮集擊船尾為奇。倘敵艦冒死闖入臺前，則第十一至三十一之炮迎擊為正。第六至第十三之炮，横擊為奇。

又云：

至於用炮之法，以炮口照星瞭左右，人所共知也。以勾股算彈子所出高低，人所不知也。譬如炮身長八尺，炮口高一分，則彈子至一百丈，高一尺二寸五分矣。若炮口高一寸，則彈子至一百丈，竟高一丈五寸，其能中船乎？釗乃以朱線識炮身之右，從炮口通至炮尾，以求地平之線，使炮勇瞭頭平視，度炮口之朱線，不過高炮尾一二分而止，則炮彈高下尺寸可自操矣。炮垛既曲，炮彈必聚，人所共見也。一發之後，裝瞭不及，人所無如何也。釗乃分炮位為三班，譬如十炮同擊一處，以一、四、七、十等炮為一班，二、五、八等炮為一班，三、六、九等炮為一班。第一班炮已發，即趕裝藥，推歸原位，迨第三班炮發，而第一班炮可復發矣。此即連環法。唯連環槍直行進退，炮則橫列迭發耳。」（原書節錄止此）

它如相度地勢，瞭量炮線，測水之深淺，分風之上下，蒲囊夜扛，以出不意，鍬溝掘坎，以阻衝突；設土垛，置噴炮，以護前臺；屯壯勇，扼田塍，以防後路；立不敗之地，出萬全之策。其經營布置，書所能詳。其因應變通，書容猶有未盡矣。集中又有《虎門炮臺形勢條議》、《記沙鑽》等篇（按：沙鑽一器，投之勁流中，能倚立水底，旋轉不停。遇有厚沙，隨鑽隨起，水行沙去，弗復淤積，濬河善後之良器也。記後附圖），皆經世有用之文。有志之士，當條貫而尋繹者也。

十九做巡撫，七十授編修

康熙朝，宛平黃昆圃（叔琳），年十九，官至浙江巡撫。疆臣持節，殆無早於此者；慈溪姜西溟（宸英）年七十，以丁丑一甲第三授編修。詞臣珥筆，殆無遲於此者。叔琳亦辛未第三人及第。

血歷史113　PC0730

新銳文創
INDEPENDENT & UNIQUE

況周頤談掌故：餐櫻廡隨筆

原　　著	況周頤
主　　編	蔡登山
責任編輯	劉亦宸
圖文排版	楊家齊
封面設計	葉力安

出版策劃	新銳文創
發 行 人	宋政坤
法律顧問	毛國樑　律師
製作發行	秀威資訊科技股份有限公司 114 台北市內湖區瑞光路76巷65號1樓 電話：+886-2-2796-3638　傳真：+886-2-2796-1377 服務信箱：service@showwe.com.tw http://www.showwe.com.tw
郵政劃撥	19563868　戶名：秀威資訊科技股份有限公司
展售門市	國家書店【松江門市】 104 台北市中山區松江路209號1樓 電話：+886-2-2518-0207　傳真：+886-2-2518-0778
網路訂購	秀威網路書店：https://store.showwe.tw 國家網路書店：https://www.govbooks.com.tw

出版日期	2018年3月　BOD一版
定　　價	290元

國家圖書館出版品預行編目

沉周頤談掌故：餐櫻廡隨筆 / 況周頤原著；蔡
登山主編. -- 一版. -- 臺北市：新銳文創,
2018.03
面；　公分. -- (血歷史；113)
BOD版
ISBN 978-957-8924-01-7(平裝)

857.27　　　　　　　　　107001382

讀者回函卡

感謝您購買本書，為提升服務品質，請填妥以下資料，將讀者回函卡直接寄回或傳真本公司，收到您的寶貴意見後，我們會收藏記錄及檢討，謝謝！

如您需要了解本公司最新出版書目、購書優惠或企劃活動，歡迎您上網查詢或下載相關資料：http:// www.showwe.com.tw

您購買的書名：________________________________

出生日期：________年________月________日

學歷：□高中（含）以下　□大專　□研究所（含）以上

職業：□製造業　□金融業　□資訊業　□軍警　□傳播業　□自由業

□服務業　□公務員　□教職　□學生　□家管　□其它_____

購書地點：□網路書店　□實體書店　□書展　□郵購　□贈閱　□其他

您從何得知本書的消息？

□網路書店　□實體書店　□網路搜尋　□電子報　□書訊　□雜誌

□傳播媒體　□親友推薦　□網站推薦　□部落格　□其他__________

您對本書的評價：（請填代號　1.非常滿意　2.滿意　3.尚可　4.再改進）

封面設計____　版面編排____　內容____　文／譯筆____　價格____

讀完書後您覺得：

□很有收穫　□有收穫　□收穫不多　□沒收穫

對我們的建議：________________________________

____

____

____

請貼
郵票

11466
台北市內湖區瑞光路 76 巷 65 號 1 樓
秀威資訊科技股份有限公司 收
BOD 數位出版事業部

（請沿線對折寄回，謝謝！）

姓　名：＿＿＿＿＿＿＿＿　年齡：＿＿＿＿　性別：□女　□男

郵遞區號：□□□□□

地　址：＿＿＿＿＿＿＿＿＿＿＿＿＿＿＿＿

聯絡電話：（日）＿＿＿＿＿＿＿＿（夜）＿＿＿＿＿＿＿＿

E-mail：＿＿＿＿＿＿＿＿＿＿＿＿＿＿＿＿